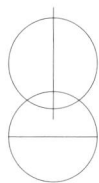

新中日文化交流史大系

国家出版基金项目
NATIONAL PUBLICATION FOUNDATION

《白氏文集》日本传播史研究

〔日〕神鹰德治 著

樊可人 译

浙江人民出版社

总　序

　　中日文化交流的历史悠久而灿烂，历代名人辈出且留存史料丰赡，在中日两国学术界备受关注，多年来，该领域积淀了无数的学术研究成果。

　　日本学者辻善之助《增订海外交通史话》、藤田元春《上代日中交通史研究》、木宫泰彦《日中文化交流史》均出版于半个世纪前，这三部著作堪称中日文化交流史领域的先驱作品，至今仍有其重要意义。其中《日中文化交流史》经胡锡年翻译成中文后，更是对从事该领域研究的中国学者产生了莫大的影响。森克己围绕"宋日贸易"所著的《日宋贸易之研究》《续日宋贸易之研究》《续续日宋贸易之研究》《日宋文化交流之诸问题》四部扛鼎之作，搜集网罗该领域的基本史料，夯实了该领域的研究基础。田中健夫的《对外关系与文化交流》《中世对外关系史》等书聚焦元明时期，他继承了森克己的学术理念，着眼于东亚地区，促成了该领域的新发展。

　　此外，实藤惠秀研究清末时期的中国留学生（《中国人留学日本史》），大庭修研究江户时代中国书籍的流通（《江户时代中国典籍流播日本之研究》），池田温围绕法制研究中日交流史（《东亚文化交流史》），小曽户洋、真柳诚研究中日医学交流史（《汉方的历史》），等等。学者们均在各自的研究领域颇有建树，取得了不俗的成绩。近年来，这一领域的学术新人亦层出不穷，如森公章、山内晋次、田中史生、榎本涉、河野贵美子、河内春人等活跃在国际学术舞台，成果频出，备受瞩目。

回看中国，除了民国时期王辑五所著《中国日本交通史》，我国学者对这一领域的真正研究，始于1972年中日两国邦交正常化之后。

史学领域，汪向荣的《古代的中国与日本》与王晓秋的《近代中日文化交流史》发掘新资料、提出新见解，代表20世纪该领域的顶尖水平；杨栋梁主编六卷本《近代以来日本的中国观》，称得上是"从周边看中国"的佳作。

文学方面，20世纪末严绍璗的《中日古代文学关系史稿》与王晓平的《近代中日文学交流史稿》珠联璧合，以其宏大的视角与浑厚的国学底蕴，全面梳理中日文学交流千年史脉，至今仍被视作经典。

考古学分野，王维坤的《中日文化交流的考古学研究》以出土文物为据，实证中日文化交流史事；尤其是王仲殊，围绕"三角缘神兽镜"提出"东渡吴人制镜说"（《王仲殊文集》第二卷），在日本学界引起甚大反响。

思想史层面，王家骅的《儒家思想与日本文化》关注儒家思想在日本的变容，内容极富创见；刘岳兵的《明治儒学与近代日本》探究"西化"氛围中传统儒学的命运，提出富有挑战性的命题。

此外，来自中国台湾地区、香港地区、澳门地区的学者也是一股不可忽略的研究力量，如研究明代中日关系史的郑樑生，研究东亚教育圈的高明士，研究中日书籍翻译史的谭汝谦等人，都有丰硕的研究成果问世。

综上所述，在中日文化交流史领域，日本学者比中国学者早一步着手研究，凭借对基础史料的收集、整理、解读，在学界独领风骚多年。但近20年来，中国学者潜心研究，积极吸收国内外优秀研究成果，终于取得了飞跃性进步，研究水平达到国际水平，甚至在一些特定的"点"和"线"上有领先之势。

形成上述局面的原因主要有两点：首先，中国学者的汉语功底扎实，不仅能解读日本的汉语史料，还能从中国的历史文献与新出土文物资料中发掘新史料；其次，自1972年中日两国邦交正常化以来，留学日本后归国的中国学者大多数不仅有阅读日语文献资料的能力，还具备撰写外语论文及学术著作的水平。

这些年来，在从事中日文化交流史研究的中国学者中，有不少人因为其杰出的学术成果在国际学术界受到高度评价，甚至获得重量级学术奖项。如：王仲殊因对"三角缘神兽镜"的突破性研究，获得"福冈亚洲文化奖"；严安生因对日本留学精神史的精深研究，获得"大佛次郎奖"；严绍璗因在中日文学交流史领域的巨大贡献，获得"山片蟠桃文化奖"；王晓平因从事汉诗与和歌的比较研究，获得"NARA万叶世界奖"；王勇因提出"书籍之路"理论，获得"国际交流基金奖"；等等。

中日文化交流史为中日两国共有的研究主题，从事该领域研究的学者同人们交流互动亦非常频繁。20多年前，由浙江人民出版社推出的"中日文化交流史大系"正是其成果之一。

30年前的春日，我邀请中日比较文学界的国际知名学者中西进先生到杭州大学（现浙江大学）作专题讲座。讲座结束后，时任杭州大学校长沈善洪先生让我陪同中西进先生一同考察江南园林史迹。1991年5月18日，在无锡的一家酒店中，我与中西进先生共同商定了"中日文化交流史大系"的选题计划。该计划得到了许多同人的帮助，进展顺利。该丛书日文版定名为"日中文化交流史丛书"，自1995年7月起依次出版，共十卷；中文版定名为"中日文化交流史大系"，由浙江人民出版社于1996年11月一次性出版十卷。

此后20多年间，随着考古文物资料的出土及文献资料的不断发现，中日学术界的理念及研究方法也有新的发展，中日两国的人文学术交流更是不断深入。基于此，作为中日文化交流史的研究学者，我认为召集中日两国的学者重新审视两国之间文化交流历史的机缘已然成熟，也正是出版"新中日文化交流史大系"的最佳时机。

20多年前出版的"中日文化交流史大系"以专题史的形式，把全套书分为历史卷、法制卷、思想卷、宗教卷、民俗卷、艺术卷、科技卷、典籍卷、人物卷、文学卷等十卷，而每卷又都是由多人共同执笔的通史体裁著作。"新中日文化交流史大系"（第一辑）共有九卷，邀请了研究中日文化交流领域备受关注的学者，让其用通俗易懂的语言为读者讲述其最新的研究成果，力求做到"有趣有用"。

本丛书于2016年入选国家"'十三五'国家重点出版物出版规划"，2020年入选国家出版基金资助项目。此外，本丛书还得到2017年度国家社科基金重大项目"中日合作版'中日文化交流史丛书'"（首席专家：葛继勇）与浙江大学"双一流"项目"经典文化传承与引领——《东亚汉典》编纂与研究"（主持人：王勇）的支持。在此特别向支持本丛书的各单位和个人表示谢意。

悠久且灿烂的中日文化交流史，是世界文化交流互鉴历史中的瑰宝。希望本丛书能够为新型中日关系的构筑以及两国民众的相互理解略尽绵薄之力。是为序。

浙江大学日本文化研究所

王　勇

2021年10月1日

序

　　日本"文选学"研究泰斗斯波六郎博士与研究《白氏文集》的权威学者太田次男博士对旧抄本《文选集注》和日本金泽文库旧藏本《白氏文集》了如指掌，笔者虽深谙此二书实为卓越之作，却从未以此为课题进行研究。然而，《源氏物语》中关于葵姬的一节内容成了笔者开始研究的契机。光源氏在妻子葵姬去世后离开了宅邸，随后，其岳父左大臣发现废纸上以清丽的笔法写下的"旧枕故衾谁与共"之句出自源氏之手而感到悲伤。

　　文中的"旧枕故衾谁与共"一句，历来被认为是引自白居易的《长恨歌》，如《源氏释》《奥入》便持此观点。

　　关于此句原文，有两本著作作了如下解释：

　　（1）山岸德平校注的《源氏物语》（《日本古典文学大系》，岩波书店1958年版），其第1册第437页的补注三〇六谓："《长恨歌》的通行本中有'鸳鸯瓦冷霜华重，翡翠衾寒谁与共'一句。平安时代恐有作'旧枕故衾谁与共'的本子。"

　　（2）阿部秋生、秋山虔、今井源卫校注的《源氏物语》（《日本古典文学全集（13）》，小学馆1972年版），其第2册第58页的头注一二谓："'鸳鸯瓦冷霜华重，旧枕故衾谁与共'（白乐天《长恨歌》）的'旧枕'句在《白氏文集》通行本中作'翡翠衾寒谁与共'。……为玄宗皇帝缅怀杨贵妃之句。"

　　对于笔者而言，最初并不能够完全认同这两本书的解释。然而，当笔者以上述解说为线索进行思考后，得出了大致能够自圆其说的假设。其内容如下：

《长恨歌》中的"旧枕"句原有两种：其一为平安时代的通行文本，由遣唐使等携至日本，隶属唐抄本谱系中的旧抄本系统。其二为宋代印刷术发明后翻刻的唐抄本文本。笔者认为，围绕此句所产生的两处异文，正表明了《白氏文集》旧抄本与刊本这两大资料的特征，即上述异文应当是《白氏文集》的写本由于印刷术的发展而向刊本转变时造成的。

本书将基于上述假说，着眼于旧抄本与刊本间的关系，对《白氏文集》诸本进行考察。

目　录

第一章
以旧抄本为中心的考察

一

《奥入》所引《长恨歌》文本系统

在日本高中的文言文教材中，设有一个关于中日比较文学的单元。众所周知，中唐文人官僚白居易（772—846），字乐天，其《白氏文集》在日本平安朝以来尤得日本读者喜爱[1]。特别是吟咏唐玄宗与杨贵妃悲剧的《长恨歌》因被选入诸多教科书，就连日本高中生也对此十分熟悉。然而，笔者在进行《长恨歌》的教学时，却遇到了以下疑问。

《源氏物语》中明确引自《长恨歌》的4处中，仅有1处出现的异文与现行诸刊本皆不一致。但各出版社的教学参考书中却对此只字不提。以下便为笔者对于这一问题所作的调查报告。

根据现有的《源氏物语》各注释书所载，有以下4处直接引自《长恨歌》。

① 《桐壶》

太液芙蓉未央柳。

1　［日］太田次男：《白詩受容を繞る諸問題》，《国語国文》第46卷第9号，1977年。

②《桐壶》

在天愿作比翼鸟，在地愿为连理枝。

③《葵》

旧枕故衾谁与共。

④《幻》

夕殿萤飞思悄然。

以上4例中，只有《葵》的引用与现行诸刊本（后文提及的《文苑英华》本除外）所作"翡翠衾寒谁与共"大相径庭。

对此，丸山キヨ子[1]和藤野岩友[2]指出，日本现存的旧抄本文本作"旧枕故衾谁与共"，与《葵》的引用文一致。另外，此句虽与作为白居易个人作品的别集《白氏文集》诸刊本所收文本相异，却与北宋初期所编纂的诗文总集《文苑英华》中的文本相同。这也证明了该差异并非日本人所为。此外，该句还出现在明末唐仲言编纂的《唐诗解》正文和清朝汪立名编纂并于康熙年间刊行的《白香山诗集》的注释中。

那么，"旧枕故衾"和"翡翠衾寒"的差异因何而来呢？在此，笔者决定借助近来日本文献学的研究成果来探讨这一问题。

东汉的蔡伦对纸张进行了真正意义上的改良之后，书籍便长期依靠

1　［日］丸山キヨ子：《源氏物語と白氏文集》，东京女子大学学会1964年版。

2　［日］藤野岩友：《源氏物語の「旧枕故衾」の句》，《國學院雜誌》第57卷第6号，1956年。

手写在中国传播。印刷术应用于书籍则始于唐代[1]，并被认为首先用来印刷佛经。佛典及日历、字典以外的典籍印刷则被认为始于10世纪上半叶的五代时期。因此，印刷出版的书籍，从总体数量上看仍属极少部分，绝大多数的书籍依旧是写本。到了宋代，印刷本（即刊本）才取代过去的写本，成为书籍的主流形式。如此，现存汉籍文本的祖本始于宋本，并因其校订精良而在文献价值上得到高度评价。

　　然而，通过从第二次世界大战前开始的敦煌古书研究[2]和近来对于日本现存汉籍旧抄本的研究[3]，我们了解到了以下这些新情况：若对同一种文本进行详细分析，便会发现写本与刊本之间的某些差异甚至存在着断代现象。换言之，刊本以前的旧抄本虽有许多缺点，但其保留了原始文本的形态与文字。尤其是从中国传至日本的旧抄本因当时社会对中国文化的尊重，而免于被肆意窜改，因而唐抄本的文本被忠实地保留了下来。然而，当时的汉籍中并非无刊本存在。根据藤原道长（966—1027）《御堂关白记》中所载书目，已可见从中国进口的宋版书籍。但

1　张秀民以元稹的《白氏长庆集序》中的"缮写模勒"一句为根据，认为中国印刷术起源于贞观十年（636），并在当时已广泛应用于木版印刷。（《中国印刷术的发明及其影响》，人民出版社1978年版）然而，赵永东的《雕版印刷始于唐初贞观说的两个论据驳议》（《南开学报》1989年第6期）和曹之的《雕版印刷起源说略》（《传统文化与现代化》1994年第1期）二文对张氏的起源说进行了彻底否定。不论是在中国还是在日本，当以中国印刷术的起源为主题进行讨论时，张氏的说法便会犹如定论一般被引用。在此，笔者由衷希望上述两位学者的学说能够被参考。曹之另有专著《中国印刷术的起源》（武汉大学出版社1994年版）。此外，神田喜一郎的《中国に於ける印刷術の起源》《中国における印刷術の起源について》是日本有关中国印刷术的必读著作。

2　王重民：《敦煌古籍叙录》，中华书局1979年版。

3　［日］斯波六郎：《文选李善注所引尚书攷证》，汲古书院1982年版；［日］原田种成：《贞观政要的研究》，吉川弘文馆1965年版；［日］平冈武夫、今井清校定：《白氏文集》，京都大学人文科学研究所，1971—1973年；［日］太田次男等：《神田本白氏文集の研究》，勉诚社1982年版。

是，诚如太田次男所言："当时的宋版书籍仍属于珍本，仅在部分上流阶级中被当做宝贝珍藏。"因此，藤原公任（966—1041）、清少纳言、紫式部实际使用的《白氏文集》应当是按照唐抄本文本所抄录的旧抄本，而并非印刷的刊本。如此，若要究明《源氏物语》中《白氏文集》的出典，就必须使用旧抄本《白氏文集》，而非宋代以后刊行的别集刊本。

在此，笔者想对《文苑英华》一书稍作解释，那就是为什么在诸多中国的刊本中，唯有这本书与日本旧抄本系统的文本一致。其原因是《文苑英华》编纂于北宋初期，当时可以利用的资料中可能仍存有唐抄本或接近于唐抄本的文本；再加上该书作为一部特殊的总集，其内容多达1000卷，比起作为别集的《白氏文集》，也较易逃脱被校改的命运。笔者一直认为《文苑英华》的文本较《白氏文集》精良，在对日本现存的旧抄本进行查阅之后，这一观点终于得到了证实。从这一层意义来看，日本所藏的旧抄本亦为中国提供了非常优质的一手研究文献。

此外，在旧抄本的资料中，除了断简残编之外，我们还不能忽视和书中引用的佚文、异文。例如，藤原定家（1162—1241）的《奥入》虽多为残篇，但其中仍引用了多种汉籍。作为院政末期镰仓初期的和歌诗人，定家晚年的地位十分之高。从这一点来看，他在使用《白氏文集》时，旧抄本或宋版都应能够作为选择。然而，在对《奥入》的引用文进行查阅后，笔者发现其无一例外地使用了继承唐抄本文本的旧抄本系统。就管见所及，《奥入》在解释《葵》中《长恨歌》的出典时，引用的文本为"旧枕故衾谁与共"，而这一点在第二次世界大战后出版的多种《源氏物语》注释书中并没有被指出。此外，将《红叶贺》所引《夜闻歌者》一诗与宋版之后的各种《白氏文集》刊本进行比较后会发现存在两处差异，但却与《文苑英华》完全一致。由于含有此诗的旧抄本现已不存，上述引用便弥足珍贵。除了《白氏文集》，《奥入》中还引用了其他旧抄本系统的文本。例如，在《松风》中的"夜光玉"下所引的185字便来自旧抄本《史记》（田敬仲完世家）。虽然"田敬仲完世家"部分的旧抄本已佚，但我们可以从以下理由推断其属于旧抄本。引用文中的"奈何以万乘之国而无宝乎"之"万"字在宋版之后的各种刊本中皆作"萬"字。对此，那波利贞和斯波六郎两位学者指出[1]，日本残存的《史记》《文选》旧抄本中多用"万"字，而该字正是保留唐抄本原貌的反映。《奥入》的引用文也为那波和斯波二人的观点提供了明证。除上述引用之外，该书中还可见诸如俗文学作品《目连变文》的珍奇资料，实可谓吉光片羽的宝库。

如上所述，和书不仅在正文中可见从其他注释书或相关文献上的抄录，在栏外或行间也存在同样的情况。从这些抄录中也往往可以找到现在已经散佚的古籍文字。即便不是佚书佚文，只要引用的书籍出现于唐代以前，其引文便是基于唐代以前的文本。靠目前的通行本无法解决的难题因此有可能得到立刻解决。

前些年不幸去世的阿部隆一博士曾告诫道："室町时代以前所讲解的汉籍大多是基于唐代的文本及学风。因此，在研究室町时代以前，特别是镰仓时代以前的日本文化时，若将现行的宋代以后的通行本及训点作为参考，便自然会出现无的放矢的情况。综上所述，我们必须依据室町时代以前的旧抄训点本。反之，如果对江户时代以后的时期进行研究，便无疑需要使用如今的通行本。当下，这一理所应当进行

1　[日] 那波利贞：《舊鈔本史記孝景本紀第十一解説》，《中国学》第8卷第3号，1936年；[日] 斯波六郎：《文選李善注所引尚書攷証》，汲古书院1982年版。

的区别工作成为了绝大多数国文、国史学者所忽视的盲点。"[1]而隐藏在本文所列举的《长恨歌》异文背后的，正是像这般复杂的学术性课题。

二
尊圆亲王法帖所载《琵琶引》文本系统

不论是在中国还是在日本，中唐大诗人白居易的《琵琶引》（一作《琵琶行》）和咏叹唐玄宗与杨贵妃悲剧的《长恨歌》从古至今都受到人们的喜爱。二者也被现行的多种汉语教材所收录，即便是日本高中生也对其十分了解。

大概在四五年前，一名书法班的学生小心翼翼地将一册家传法帖带至笔者处。经推测，此书应当是江户前期的刊本。

由于书的题笺早已剥落，且无封面和内题，所以无从得知其正式的书名。但是，从内容和扉页记载的情报推测，该书应是名声显赫的青莲院流派（御家流派）创始人尊圆亲王（1298—1356）的书法摹本。

虽然该书保留了原来的封面（蓝色），但其内容却包含了两部分。前半部分为《琵琶引》，共15页；后半部分为《诸国尽》等，共17页。书中虽未记载出版年月、发行信息，但前者的最后一页记有"祖师大乘院／尊圆亲王书／翰无疑贻者也／末流花押记之"，而后者的最后一页则可见"右祖师尊圆亲王／真迹可谓家珍者也／管城末弟花押亲王记

1 ［日］阿部隆一：《阿部隆一遗稿集》第3卷，汲古书院1985年版。此外，太田次男的《長恨歌传》（《斯道文庫論集》第18辑，1981年）中收录了这两种旧抄本（金泽文库本、神田喜一郎藏本）的翻刻。

之"的摹刻。据后者推测，该法帖应是以工书而闻世的尊朝法亲王（1552—1597）之作。

出于研究的目的，笔者暂借了该书，并在收集相关论文的过程中，从胡适（1891—1962）的《跋宋刻本〈白氏文集〉影本》（《胡适文存》所收）中找到了一个非常合适的课题。

第二次世界大战前，商务印书馆将铁琴铜剑楼藏宋刻本（绍兴年间刊本）《白氏文集》摆上了影印的计划，并在成书后附上了胡适的考证作为解题（1955年，文学古籍刊行社影印出版了七十一卷本《白氏长庆集》）。笔者将在展开论述前，首先列举以下必要的观点。

通行本《白氏文集》中的《琵琶引（行）》第28句作"幽明泉流水下滩"。然而，清朝考证学大家段玉裁（1735—1815）在对前后的文脉进行分析后，提出说法称该句的"水"字应作"冰"字、"滩"字应作"难"字。虽然段玉裁生前并未目睹属于宋本系统的绍兴本和那波本[1]，但前者"水下滩"作"水下难"，后者作"冰下滩"，而胡适通过对校此二种文本，证实了段玉裁判断的正确性，并惊叹其校订之精神。

暂且不论笔者所借法帖刊本是否出自尊圆亲王之手，在该册疑点甚多的书中，上述《琵琶引（行）》第28句清楚地写作"幽明泉流冰下难"，与段玉裁的校订完全一致。

若该册江户前期所刊的法帖文字不存在单纯的误刻误写，那便可以推测有某些理由导致了上述文字与段氏的校订一致。

1　其直接的底本为朝鲜刊本，而祖本为南宋中期的刊本。详见［日］花房英树：《白氏文集的批判的研究》，中村印刷出版部1960年版。然而，另有说法称那波本为日本金泽文库藏《白氏文集》旧抄本之翻刻（如金子彦二郎的《平安时代文学与白氏文集》）。笔者认为有所失考。

（一）日本传存旧抄本汉籍的特色

如前所述，自东汉的蔡伦对纸张进行了正式改良后，虽然有些书籍得到了印刷，但从整体上看，数量极少，写本依旧是书籍的主流形态。直到南宋时期，刊本才终于成了书籍的主流形式。所以古老且精美的宋本不仅具有艺术价值，其学术价值也受到了高度评价。长久以来，宋版一般都处于汉籍文本的中心位置，并被作为衡量基准。即便今日，其地位依旧没有改变。

一方面，在20世纪初叶，大量的文书典籍在敦煌被发现。其中虽然含有一部分印刷物，但大部分为写本。如今，在这些写本中，六朝隋唐的秘笈早已散失，而那些保留下来的书籍文本却出现了显著差异，这也使得世人为之惊倒[1]。但敦煌古书多为佛典，即便有佛典以外的书籍保留至今，也多半是断编残简。

另一方面，日本则保存着大量在刊本之前出现的旧抄本。这些汉籍资料的价值受到了日本幕府末期以来的一部分书志学者的高度评价。杨守敬（1839—1915）的《日本访书志》取得了中国在这一方面的开拓性成果。其后，罗振玉（1866—1940）的《雪堂校刻群书叙录》则明确分析了敦煌本与旧抄本的近似性。从奈良、平安初期到遣唐使制度被废除为止，中国都处于历史上称为盛世的唐代。而上述旧抄本汉籍群的文本系统则属于在刊本之前，通过传抄形式流入东瀛的文本。纵然当时被带至日本的书籍经历了跋山涉水的过程，其传播距离十分遥远，但其大部分都直接来自首都长安。相比之下，从靠近唐代边塞的敦煌发掘出的文本则很有被窜改的风险。因此，从长安传入的旧抄本价值比起敦煌文书可谓有过之而无不及。再者，虽然如今日本传存的大部分旧抄本是

1　[日]神田喜一郎：《敦煌学五十年》，《神田喜一郎全集》第9卷，同朋舍1984年版。

从当时流入日本的唐抄本传抄而来的，但由于受到日本尊重中国文化等要素的影响，旧抄本并没有出现宋刊本中可见的肆意窜改现象。若将宋刊本与日本的旧抄本、敦煌本、《文苑英华》（该书虽为1000卷构成的大型总集刊本，且编纂于北宋初期，但集部的文本较之别集刊本，更接近于唐抄本系统的文本）作为媒介进行比较，便可以清楚得知日本的旧抄本的确忠实保留了唐抄本的原文和形式。斯波六郎、原田种成、平冈武夫和太田次男他们的著作都在中国古典文献学上取得了很大的成就。这些著作都是在充分利用了以上再三说明的旧抄本的特点之后所完成的。

（二）关于白氏诗文的墨迹本

如上所述，在以旧抄本为基础资料的前提下，日本的《白氏文集》校勘学从原来的宋本系统文本的校勘回溯到了唐代时期的原文。若要在旧抄本以外寻求与之相当的资料，书法界被称为"三迹"的3位名家倒是留下了不少关于白氏诗文的墨迹本。虽然如今存有的多是断编残简，但因书写于平安时代，所以不难想象其保留了唐抄本的文字（平冈氏校本亦采用藤原行成的亲笔墨迹本的一部分作为校勘资料）。

然而，诚如中田勇次郎所指出的那样，"从字序颠倒、脱字、错字的情况来看，其（指"三迹"的墨迹本）目的是创作书法艺术品而不是正确的写本。这是古人墨迹中经常可见的通病"。因此，墨迹本对文本校勘而言并不一定属于优质资料。即便如此，中田博士还是认为墨迹本具有作为校勘资料的价值。他评价道："若将这一种类的墨迹本和属于写本的旧抄本进行深入比较，也许会有一些收获。"[1]事实上，相关研究证实：被认为是伏见天皇临摹的《御物本白氏新乐府》是唐代流行的单行本。因此，即便是墨迹本也能因研究方法的不同而在校勘中体现出文

---

1 ［日］中田勇次郎：《白氏文集の書跡》，《書道全集》第12卷，平凡社1954年版。

献价值。

此外，在日本书法界除了上述名家的墨迹本之外，还存在着不少以其为范本而创作的临摹本、双钩本和法帖刊本。在所有作品中，白氏诗文尤其得到了广泛的关注。因此，即便其作品仅存一篇或为作品残篇，只要在进行细致的搜集工作后利用于文本研究，便有可能成为在复原旧抄本系统文本方面的重要资料。以下，笔者将以摹刻尊圆亲王亲笔法帖的《琵琶引》为例，进行简单阐述。

尊圆亲王作为书法家进行活动的时期正为日本的南北朝时代（足利尊氏于亲王去世两年后离世），当时的日本已经可以方便地利用中国的刊本。但是，中田博士指出："（亲王）练习汉字的模本来自于（藤原）行成。"因此，尊圆亲王的文本连同字体都可能承袭于藤原行成。换言之，我们可以认为平安时代的藤原行成（972—1027）写下的文本被南北朝时代的尊圆亲王如实继承，并流传至江户时代。而在江户前期，该书又被作为势力最大的御家流祖师之真迹得到摹刻。结果，纵然经历了数百年的变迁，书中的唐抄本系统的文本并未出现明显改变，而且被江户时代法帖刊本所继承。

（三）法帖所载文本的校异——《琵琶引》文本

以下，笔者将选取旧抄本系统和宋本系统中具有代表性的10处文本进行比较。

〇旧抄本系统文本

管 《管见抄》（日本内阁文库藏[1]）

金 金泽文库旧藏本（日本大东急记念文库藏，勉诚社影印本）

---

1 ［日］太田次男：《内閣文庫藏『管見抄』について》，《斯道文庫論集》第9辑，1970年。

○宋本系统文本

宋　《白氏长庆集》（北京图书馆藏，文学古籍刊行社影印本）

那　那波道圆刊［日本元和四年（1618）］《白氏文集》（日本阳明文库藏，同朋舍影印本）

	〈法帖〉	〈管〉	〈金〉	〈宋〉	〈那〉
① 元和十五年秋		○●	○●	无无	无无
② 送客至湓浦口		○	○	无	无
③ 长安倡家女		○	○	无	无
④ 曲罢悯然		○●	○●	悯默	悯默
⑤ 命曰琵琶引		○	○	行	行
⑥ 寻阳江头		○	○	浔	浔
⑦ 小弦窃窃		○●	○●	切切	切切
⑧ 杂错弹		○●	○●	●○	●○
⑨ 家近虾蟆陵		○	○	在	在
⑩ 谪居病卧		○●	○●	●○	●○

从上文中可以看出，法帖刊本的文字与旧抄本完全一致，而同样的情况还有很多。虽然诚如中田博士所言，该书存在这一种类的资料常见的缺点（56 至 80 句脱落，32 句衍字），但从整体上看，其文本无疑属于旧抄本系统。由于篇幅所限，本书无法列举所有的校勘。然而，若将该书与旧抄本系统的诸本进行详细对校，便可发现在文字方面存在些许的差异。因此，与其认为该书的祖本是从《白氏文集》大集本中抽出的，倒不如认为其依照的是在民间广为流行且有别于大集本的单篇旧抄本系文本（如唐宣宗的《吊白居易》（《全唐诗》卷四）诗中"……童子解吟长恨曲，胡儿能唱琵琶篇……"所咏，《长恨歌》和《琵琶引》两篇作品在当时也以单篇形式流行于世）。

〈附〉法帖所载《琵琶引》

琵琶引一首　并序

大原白居易

元和十五年秋予左迁九江郡司马明年秋送客至湓浦口舟船中夜弹琵琶者听其音铮铮然有京都声问其人本是长安倡家女尝学琵琶於穆曹二善才年长色衰委身为贾人妇遂命酒使快弹数曲曲罢悯然自叙少年时欢乐事今漂沦憔悴转徒於江湖间予出官二年恬然自安感斯人言是夕始觉有迁谪意因为长句歌以赠之凡六百一十二言命曰琵琶引

寻阳江头秋送客　　枫叶荻花秋索索

主人下马客在船　　学酒欲饮无管弦

醉不成欢惨将别　　别时茫茫江浸月

忽闻水上琵琶声　　主人忘归客不发

寻声暗问弹者谁　　琵琶声停欲语迟

移船相近邀相见　　添酒回灯重开宴

千呼万唤始出来　　犹把琵琶半遮面

转轴拨弦三两声　　未成曲调先有情

弦弦掩抑声声思　　似诉平生不得意

低眉信手续续弹　　说尽心中无限事

轻拢慢捻抹复挑　　初为霓裳后绿腰

大弦嘈嘈如急雨　　小弦窃窃如私语

嘈嘈窃窃杂错弹　　大珠小珠落玉盘

间关莺语花底滑　　幽明泉流冰下难

冰泉冷涩弦凝绝　　绝绝不通声暂歇

别有幽愁暗恨生　　此时无声胜有声[1]

1　法帖刊本中的第32句作"此时无声胜无有声"，后一"无"字当属衍字，今删去。

银瓶闲破水浆迸　铁骑突出刀枪鸣
曲终收拨当心画　四弦一声如裂帛
东船西船悄无言　唯见江心秋月白
沈吟放拨插弦中　整顿衣裳起敛容
自言本是京城女　家近虾蟆陵下住
十三学得琵琶成　名属教坊第一部
曲罢曾教善才伏　妆成每被秋娘妒
五陵年少争缠头　一曲红绡不知数
钿头首篦击节碎　血色罗裙翻酒污
今年欢笑复明年　秋月春花等闲度
弟走从军阿姨死　暮去朝来颜色故
门前冷落鞍马稀　（以下25句脱落）
莫辞更坐弹一曲　为君翻作琵琶行
感我此言良久立　却坐促弦弦转急
凄凄不似向前声　满座重闻皆掩泣
就中泣下谁最多　江州司马青衫湿

三

尊圆亲王法帖所载《长恨歌》文本系统

（一）与法帖的相遇

　　笔者几年前开始担任学校的书法班顾问，并参加了夏季集训。在临摹古人的墨迹时，班上的学员提出希望借此机会了解模本的内容。因此，集训时白天的安排虽然依旧是书法练习，但每晚的活动却与往年不

13

同，变成了两小时左右的阅读理解。而王羲之的《兰亭序》和白居易的《琵琶行》被选作为阅读对象。虽然上述两篇文章都被教科书所采纳，但由于教学时间的影响，通常不会在课上进行讲解。笔者自身也想借此机会对其精读一番。

《兰亭序》之难解令学生和笔者折服。而《琵琶行》虽为长篇作品，却拥有平易的叙事表现，因此大家最终顺利将其读完。就在担任讲师的笔者长舒一口气并表示"今晚到此结束"时，一位学生战战兢兢地举起了手，提出了以下问题：

那名学生带来了一册历史悠久的家传法帖。笔者认为该书刊行于江户前期。虽然题笺早已剥落，但是该名学生因书中第1页写有"琵琶引一首 并序/大原白居易"，以为是教科书上的《琵琶行》，就想到将其带来作为临摹的范本。在晚间进行的阅读活动中，他边听笔者讲解《琵琶行》边逐一阅读，同时还将家传的法帖与教科书进行了比较。由于发现家传的法帖虽为模本却有不少误写之处，他便向笔者提出了上述问题。当时，笔者回答道：书法的模本由于以鉴赏为主，而容易对原文进行草率处理。该法帖恐怕就属于此类。虽然该名学生姑且表示认同，但为了明确起见，笔者借过该书并翻阅了几页。从最后一页可以得知，该书出自作为青莲院流（御家流）祖师而闻名的尊圆亲王之手。出于研究目的，笔者在回家后查阅相关文献时发现了些许令人意外的事实。

在将该法帖与充分利用金泽文库旧藏《白氏文集》旧抄本进行校订的《白氏文集》（平冈武夫、今井清校定本）进行比较后，笔者发现法帖中虽有书法资料中常见的脱句、衍字、误写的部分，但从文本整体上看，该书属于旧抄本系统（保留唐抄本文字的日本传抄本）。比起属于宋本系统的绍兴本或那波本，其文本的资料价值远远超过前二者（见本章第二节）。

正是该名学生的提问给了我启发，使我重新发现了触手可及却从未关注的资料。

受到上述事件的影响，笔者转而关注起了往常一瞥而过的古籍特卖会和古籍目录中的书法单元。结果，笔者再次购得了尊圆亲王的法帖。有幸的是，这一新获得的法帖亦属于旧抄本系统。除了保留有完整的文本之外，书中还可见有关其刊行时期的明确标识，并摹刻有提升其资料价值的识语。由于中田勇次郎博士的《江户时代的书道资料》（《中田勇次郎著作集》第6卷）未载此书，出于对上述拙稿进行补充的目的，笔者将对该法帖的资料性及意义进行简要阐述。然而，以下论述中将会出现些许与前文论点重复之处，敬请谅解。

（二）日本旧抄本汉籍的文本价值

由于旧抄本文本的价值，已故的神田喜一郎博士曾言简意赅地指出："日本传存的白氏文集古本皆源自唐代旧帙。宋代以后的刊本终究无法企及其文本之佳，而这些古本能够为彼国通行的诸本提供的订正之处亦不胜枚举。"[1]

以下，笔者将以日本最近取得的文献学成果来验证神田博士的观点。

如前所述，蔡伦对纸张进行了正式改良后，书籍在很长一段时间内都通过书写传播。而目前认为印刷术的起源则出现于唐代［高宗仪凤二年（677）以前］，首先起于佛典，并于10世纪前半叶的五代逐渐扩散至日历、字典及佛经以外的书籍。然而，即便书籍开始走向印刷化，其总量也不过是太仓一粟，从整体上看，写本依然占据了书籍的主流形态。进入北宋后，印刷的刊本逐渐取代了写本，并在南宋时确立了这一形态。因此，包括佛典以外的书籍在内，现行汉籍的文本皆源自宋版。

1　［日］小松茂美：《平安朝傳来の白氏文集と三蹟の研究》，墨水书房1965年版。

由于其多为不受利益因素影响的官版书籍，所以不仅具有艺术价值，还因校订精良而颇受学界好评。确实，若将诸多宋版书籍与明版书籍进行比较便会发现，前者之卓越程度一目了然。从这一点来看，宋版因与唐抄本有直接联系，所以宋版的文本可以被认为是忠实地反映了原本的面貌。

然而，于绍兴年间刊行的七十一卷《白氏长庆集》的出现，全面否定了人们对于宋版的看法。1955 年，中国的文学古籍刊行社影印出版了该书。通过调查可以发现，宋版与保留了唐抄本原貌的旧抄本之间存在着可谓断代级别的文本差异。而我们可以认为出现如此差异的理由在于宋代与唐代的语感不同，并且受到了校订者试图创造出新文本的姿态影响。对此，太田次男博士在其论文中进行了详述。无论如何，写本和刊本在文本上存在着巨大的差异。这一事实也在《文选》、《史记》和《贞观政要》中得到确认。

因此，在书籍还未得到印刷的唐代，由遣唐使等人士带入日本的汉籍并未受到宋版中可见的有意改变。即便由于经历了数次传抄而出现一些误写，但受到日本尊重中国文化的要素影响，唐代的文本及其原型得以保留至今。

（三）白氏诗篇的书法资料价值

一方面，如上所述，旧抄本是为日本《白氏文集》校勘学带来飞跃的基础资料。而被称为"三迹"的 3 位书法家所留下的白氏诗篇的墨迹虽多为单篇或残篇，若要寻求与旧抄本同等的资料，上述墨迹便为不二之选。神田喜一郎博士曾指出，相传为源俊房（1035—1121，母亲为藤原道长之女）所书的《白氏新乐府七德舞跋文》（昭和二年）不仅具有鉴赏性，在文本校勘方面也是具有十分珍贵的价值。

另一方面，本书所用的《长恨歌》法帖虽非作者亲笔资料，但其原本作为江户前期最有势力的御家流开祖之真迹，被原封不动地摹刻下来以供门人临摹之用。因此，即使有若干字序出现颠倒，其传承下来的文本可以说没有发生改变。换言之，我们可以认为该《长恨歌》法帖是接近作者亲笔墨迹的资料。

以下，笔者将从旧抄本系统和宋本系统的代表性文本中选取10例进行比较。

○旧抄本系统文本

管　《管见抄》（日本内阁文库藏）

金　金泽文库旧藏本（日本大东急记念文库藏，勉诚社影印本）

○宋本系统文本

宋　《白氏长庆集》（北京图书馆藏，文学古籍刊行社影印本）

那　那波道圆刊［日本元和四年（1618）］《白氏文集》（日本阳明文库藏，同朋舍影印本）

	〈法帖〉	〈管〉	〈金〉	〈宋〉	〈那〉
①	御寓多年求不得	●	●	宇	宇
②	养在深窗人未识	●	●	闺	闺
③	承欢侍寝无闲暇	●	●	宴	宴
④	汉宫佳丽三千人	●	●	后	后
⑤	君王掩眼救不得	●	●	面	面
⑥	回看泪血相和流	○●	○●	●○	●○
⑦	夜雨闻猿断肠声	●	●	铃	铃
⑧	秋灯挑尽未能眠	○●	○●	孤成	孤成
⑨	临卭方士鸿都客	●	●	道	道
⑩	昭阳殿里恩爱歇	●	●	绝	绝

如上文所示，法帖文本中的其他例句亦与旧抄本系统的文本基本一致。然而，若将其与旧抄本系统的诸本进行更为深入细致的对校，便会

发现法帖中偶尔存在他本中未见的文字。由于笔者无法确定这些文字是否属于误写，所以该书极有可能是早先便以单行本形式流传于民间的单行本，并属于有别于全集本的唐抄本系统。如果这一推断成立，该文本便有可能出自酬金颇高的艺妓所背诵的《长恨歌》文本或与此接近之版本。

（四）文献情报

（尊圆）长恨歌（外题），日本文化十年（1814）刊，（江户，山田佐助、北村长四郎）大折本一帖，神鹰德治架藏。

江户末期后补深灰色封面（31.5厘米×14.7厘米），虫损部分在近代从背面得到修补。裱纸中央原题笺"（尊圆）长恨歌全"。首题"长恨歌并序"并有《长恨歌序》，其后写有《长恨歌》。无界无边，9行7字（一纸26厘米×46厘米），《序》部分每10行、本文每8行可见"△　丁付"。卷末可见识语"祖师大乘院赠一品／尊圆亲王真迹尤可／谓奇珍者也／临池末流记之判／此一卷草书长恨歌者大乘／院赠一品亲王御遗迹本朝／古今之笔神而藤木氏所藏／诚家宝可为尊信之者也"，紧随其后为"莫写　文屋主人　雕手　木村嘉平　东都书肆　两国广小路吉川町　山田佐助　神田锻冶屋町二丁目　北岛长四郎"。背书记有"○安政庚申正月谨案　皇朝古贤温厚有余，故其书法厚有余也。后学喜其肥肉不得筋骨，即为俗体。不知者以为虽古名迹有和臭焉"。后有《兰亭序》的双行摹写（右附关于笔法的小字注）。其后不见识语。该书恐为日本安政年间书法家的藏书。此外，书中还按有井形的寺院墨印，其下有书店的标签。

本书中虽未记有刊行年月，但《江户本屋出版记录》及其翻刻本

《（享保以后）江户时代出版书目》[1]的"文化十年酉九月廿五日割印"一项中可见"长恨哥　全一册　墨付二十丁　尊圆亲王笔　同（板元卖出）北岛长四郎"。统计本书页数后可以得知，文本部分占15页、识语占1页、序文占3页、共计19页。该数字与《江户本屋出版记录》基本一致（本书较之少一页，或因改变装订时的缺损）。从两书的出版者都为"北岛长四郎"这一点来看，本书应当刊行于文化十年（1813）。此外，据资料显示，在江户发行的尊圆亲王的法帖有文化四年盛夏的"久须多末帖　全一册　墨付十七丁　尊圆亲王真迹　井上清风摹　板元卖出　须原屋善五郎"、文化六年孟秋的"夷九法帖　全一册　墨付十三丁　尊圆亲王笔　板元卖出　须原屋文四郎"、文化十一年五月的"尊圆江州帖　全一册　墨付十八丁　板元卖出　堀野屋仪助"、文化十一年六月的"百也往来　折本一册　墨付十五枚继　尊圆亲王书　板元卖出　英平吉"。所有上述法帖的发行均集中于文化年间，想必其中有某些缘由。另外，虽然很难确定本书的摹写者"文屋主人"为何人，但从本书的刊行年份来看，刻工"木村嘉平"应当是在日本文政六年（1823）去世的初代嘉平[2]。

1　ゆまに书房刊行的《江户本屋出版記録》影印本和《（享保以後）江戸時代出版書目》的翻刻，参照的应是同一资料，但偶尔在《（享保以後）江戸時代出版書目》中可以看到ゆまに书房的影印本中未见的叙述。此处所举资料在两书中并未出现差异，笔者为慎重起见，姑且列出两书情报。

2　关于木村嘉平，详见［日］木村嘉次：《字彫り版木師——木村嘉平とその刻本》，《日本書誌学大系13》，青裳堂书店1980年版。

四

《白氏文集》旧抄本——书迹资料

众所周知，使日本《白氏文集》校勘学得到飞跃发展的直接媒介是日本现存以金泽文库本为代表的旧抄本资料。神田喜一郎博士曾言简意赅地指出，日本传存的所有《白氏文集》古本价值较大，能够为诸本提供参考。

以下，笔者将列举一些最近日本取得的文献学成果来证明神田博士的观点。

（一）旧抄本和宋版

笔者上文中提到，进入北宋后，木版印刷的书籍（即刊本）逐渐取代了写本，并在南宋时成为书籍的主流形态。所以，如今汉籍文本基本都源自宋版，而宋版也因其年代久远和精致的艺术价值受到国家保护。同时，其在校订上体现的学术价值也得到了很高的评价。因此，长久以来，宋版一直处于汉籍文本的中心位置，并被作为衡量文本的基准。

诚然，若将诸多宋版与明版进行比较，便会一目了然地发现前者的卓越之处。因此，由于宋版的文本直接继承自唐抄本，所以也难怪人们一直相信其传达了原本的忠实面貌。

然而，当中国的文学古籍刊行社在1955年影印出版了铁琴铜剑楼旧藏（南宋绍兴年间刊本）《白氏长庆集》七十一卷本后，人们被迫开始重新全面审视至今对于宋版所持有的认识。

宋版与被认为保留唐抄本原文的旧抄本之间已被证实存在着可谓断代的文本差异。

当前观点认为，二者之间出现断层的原因在于宋代与唐代的语感不同，而宋版的校订者也许抱有一种强烈的想法，即在直接依据唐抄本或北宋版的基础上，创造出一种新文本。对此，太田次男博士在其文章中进行了详细阐述。

如上所述，太田博士已经在全集中对体现出与宋版文本不同价值的日本旧抄本文本进行了详细阐述。以下，出于行文上的需要，笔者将列举必要的论点略述己见，并尽量避免与上文出现重复。

（二）旧抄本的特点和意义

如上所述，明清以来，宋版往往被作为文本校订的底本使用。这一现象在中国尤甚。然而，20世纪初，在位于中国西北部的敦煌忽然发现的文书典籍大部分属于写本且多为佛典，虽然仍旧有一些佛典以外的汉籍得以保留，但大部分为断简残编。

同时，日本则保存着大量在刊本之前出现的旧抄本。幕府末期以来的一部分书志学者对其资料价值给予了高度评价，如杨守敬的《日本访书志》、罗振玉的《雪堂校刻群书叙录》等。受到日本尊重中国文化等要素的影响，旧抄本并没有出现宋刊本中可见的肆意窜改。若将宋刊本与日本的旧抄本、敦煌本、《文苑英华》作为媒介进行比较，便可以清楚地得知日本旧抄本的确忠实保留了唐抄本的原文和形式。斯波六郎的《文选李善注所引尚书考证》[1]、原田种成的《贞观政要研究》[2]、今井清与平冈武夫校定的《白氏文集》[3]和太田次男的《神田本白氏文集研究》

1　［日］斯波六郎：《文選李善注所引尚書攷証》，汲古书院1982年版。

2　［日］原田种成：《貞観政要の研究》，吉川弘文馆1965年版。

3　［日］平冈武夫、今井清校定：《白氏文集》，京都大学人文科学研究所，1971—1973年。

（小林芳规博士加以训点）[1]，这些著作都是在充分利用旧抄本的特点的基础上完成的，且都在最近的中国古典文献学研究上取得了很大的成就。

（三）白氏诗文墨迹本对书法资料的意义

如前所述，在日本书法界除了在书法界被称为"三迹"的3位名家的墨迹本之外，还存在着不少以其为范本而创作的临摹本、双钩本和法帖刊本。在所有作品中，白氏诗文尤其受到了广泛的鉴赏。即便其作品仅存一篇或残篇，也有可能使其成为在复原旧抄本系统文本时的重要资料。以下，笔者将以小野道风（896—966）所书真迹和法帖为例，对书法资料的意义稍作阐述。

1.《三体白氏诗卷》本[2]

本书迹与《屏风土代（御物）》一同作为小野道风为数不多的亲笔本而为人熟知。书中将《白氏文集》（卷五十三）中的六首作品（二三八〇、二三八一、二三八四、二三八六、二三八七、二三九八）分别以楷书、行书和草书体写为一卷。

下文，笔者将对《梦行简》（二三九八）的文本加以若干分析，例文依据那波本。

　　　　　天气妍和水色鲜　　闲吟独步小桥边
　　　　　池塘草绿无佳句　　虚卧春窗梦阿怜

针对结句"虚卧春窗梦阿怜"中的"阿怜"一词，朱金城列举了南

1　［日］太田次男等：《神田本白氏文集の研究》，勉诚社1982年版。
2　《書道全集12：日本3·平安Ⅱ》，平凡社1955年版。

宋计有功的《唐诗纪事》（卷四十一）中的"行简，小字阿怜"一文和《白氏文集》卷十七的《湖亭与行简宿》（一〇六八）。

　　　　　　浔阳少有风情客　　招宿湖亭尽却回
　　　　　　水槛虚凉风月好　　夜深唯共阿怜来

　　以宋本和那波本为首，其后的所有明清刊本都将此诗中白居易弟弟行简称作"阿怜"。朱氏在校语中说道："此虽借用谢惠连之典实，未必实指也。"而顾学颉在其校订的《白居易集》中认为，《湖亭与行简宿》（第2册，第366页）中的"阿怜"为"阿连"之误。他在校记中写道："'阿连'，原本误作'阿怜'。阿连，用谢灵运呼其弟惠连事。"而朱说却对顾说予以了否定[1]。

　　下文，笔者将通过旧抄本资料对上述两种说法的正误进行分析。

　　《湖亭与行简宿》一作亦收于金泽文库本。其中的"阿怜"写作"阿连"，证明了顾说的正确性。然而，金泽文库本中的《梦行简》处已佚，所以无从确认朱、顾二氏说法的对错。但是，该作却被收录于《三体白氏诗卷》中。虽然其为草书，但从中能够清楚辨认"阿连"二字。

　　此外，虽然现行的诸刊本几乎皆作"阿怜"，但也存在作"阿连"的个例。京都大学人文科学研究所（村本文库藏）王德修校宋本便属于后者。

　　本书虽属于马元调本系统，但其中可见宋本的摘抄。据平冈武夫的报告称[2]，某些摘抄未必与绍兴本（宋本）或那波本一致。对此，平冈氏

1　朱金城在《"阿连"与"阿怜"》（《白居易研究》，陕西人民出版社1987年版）一文中作了更为详细的论述。

2　[日]平冈武夫：《村本文库藏王校本白氏长庆集—宋刊本へのアプローチ—》，《东方学报》第45册，1973年。

推测其底本"或许为北宋本",并对校记予以了很高的评价。

由于该书中两诗的校记皆作"阿连",因此,若这些校异是从北宋本中摘抄而来的话,作"阿怜"的文本便可能是受到发音相同的影响而在南宋后出现的误写。

如上所述,小野道风所书真迹不仅可以对金泽文库系统的旧抄本脱落之处进行填补,还能进一步提高王氏校本的资料价值。虽然上述真迹作品为数不多,但其作为保留唐抄本文字的资料,实可谓价值连城。

2. 法帖文本

作为江户时代刊行的著名法帖之一,木户常阳编纂的该书中便收有道风的《琵琶引》书迹[1]。

道风的《琵琶引》真迹目前所在不明,并且在历来的文献中也完全未见相关记载,因而其墨迹原本存在他人伪托的可能性。即便如此,作为单篇《琵琶引》,其文本在文献校勘方面属于独特且有意义的资料。

以下,笔者将通过比较该作与各文本来对上述见解进行详细论述。

3. 校勘用的诸本

○旧抄本系统文本

管　《管见抄》(日本内阁文库藏)

金　金泽文库本(日本大东急记念文库藏,勉诚社影印本)

○宋本系统文本

宋　《白氏长庆集》(北京图书馆藏,文学古籍刊行社影印本)

那　那波道圆刊〔日本元和四年(1618)〕《白氏文集》(日本阳明文库藏,同朋舍影印本)

○(旧本)古文真宝系统文本

1　本资料是笔者通过太田晶二郎的《海阳泉帖考》(《太田晶二郎著作集》第1册,吉川弘文馆1991年版)中的介绍,在翻阅《三国筆海全書》时发现的内容。

清　清原宣贤书《长恨歌》《琵琶行》(日本阪本龙门文库藏)

歌　贞享元年(1684)刊《歌行诗谚解》(日本国会图书馆藏，勉诚社文库影印本)

(1)与旧抄本、宋本系统文本的比较。

〈小野道风法帖〉	〈管〉	〈金〉	〈宋〉	〈那〉
① 元和十五年秋	○●	○●	无无	无无
② 送客至溢浦口	○	○	无	无
③ 本是长安倡家女	○	○	无	无
④ 曲罢悯然	○●	○●	憫默	憫默
⑤ 命曰琵琶引	○	○	行	行
⑥ 寻阳江头	○	○	浔	浔
⑦ 小弦窃窃	○●	○●	切切	切切
⑧ 冰下难	○●	○●	水●	○滩
⑨ 银瓶闭	○	○	乍	乍
⑩ 谪居病卧	○●	○●	●○	●○

从以上校异中可以明显看出，法帖本基本上与旧抄本系统的文本一致。鉴于相似的情况在其他文本中也多处存在，以下笔者将列举一句典型的旧抄本文字进行分析。

如前所述，通行本《白氏文集》中的《琵琶引(行)》第28句作"幽明泉流水下滩"。然而，清朝考证学大家段玉裁提出说法称该句的"水"字应作"冰"字、"滩"字应作"难"字。胡适通过对校这两种文本，证实了段玉裁判断的正确性，并惊叹其校订之精密、详尽。

此外，虽然上述法帖是否出自道风之手着实令人生疑，但其第28句亦作"幽明泉流冰下难"，与段玉裁的校订完全吻合。

如上所述，该法帖文本不仅序文部分与旧抄本系统文本一致，其《琵琶引》文本亦与之相同。

（2）法帖文本中的个例。

然而，若将该法帖文本与隶属旧抄本及宋本两大系统的诸本进行仔细对校便可发现，其中存在不少法帖独有的文字，且并非由于误写或误刻而造成的。

〈小野道风法帖〉	〈管〉	〈金〉	〈宋〉	〈那〉
⑪ 犹把比巴半遮面	琵琶	琵琶	琵琶	琵琶
⑫ 低目信手续续断	眉弹	眉弹	眉弹	眉弹
⑬ 间关莺声花底滑	语	语	语	语
⑭ 曲罢常教善才服	会伏	会伏	会伏	会伏
⑮ 钿头银篦击节碎	云	云	云	云
⑯ 我闻比巴已叹息	琵琶	琵琶	琵琶	琵琶
⑰ 杜鹃啼血哭猿哀鸣	△哭	△哭	△哭	△哭
⑱ 黄卢苦竹浇竹声	绕	绕	绕	绕
⑲ 为君翻作琵琶语	行	行	行	行
⑳ 满座闻之皆掩泣	重闻	重闻	重闻	重闻

在以上的文本差异中，⑪和⑯属于同音略字，⑰属于文本中混入了异文的校记，⑫中出现了误写。但⑮和⑳明显属于法帖文本独有的异文。

除了以上所举例文之外，笔者还将对《琵琶引》序文末尾的26字评语进行分析。该评语使用与序文相同的粗体字书写，详见后揭文字录入资料。

（3）法帖与同系统的诸本。

实际上该评语在被称为俗本的《古文真宝》（前篇）中可见。另外，同样的评语还存在于两种单篇的《琵琶行》中。这二者被认为属于古本系统的《古文真宝》文本（参照校勘诸本）。通过观察下文可知，上述两种古本系统的《琵琶引》中存在的特殊文本与道风的法帖约有半数一致。

〈小野道风法帖〉	〈金〉	〈宋〉	〈清〉	〈歌〉
㉑曲罢常教善万服	曾●	曾●	曾●	曾●
㉒钿头银篦击节碎	云	云	○	○
㉓呕哑嘲哳难为听	欧嘲	嘲	○●	○●
㉔满座闻之皆掩泣	重闻	重闻	○●	○●

如上文所示，仅就《琵琶行》一篇的内容来看，宣贤本、歌行本与道风法帖中相同的措辞个数足以引人注目。这一结果也再次透露出该法帖的文本与旧抄本、宋本等大集本系统下的诸本不为一类。

那么，该法帖文本又应当属于何种系统便成了接下去需要考虑的问题。对此，笔者想起了唐宣宗所作的《吊白居易》一诗[1]：

缀玉联珠六十年　谁教冥路作诗仙

浮云不系名居易　造化无为字乐天

童子解吟长恨曲　胡儿能唱琵琶篇

文章已满行人耳　一度思卿一怆然

由此诗可知，《长恨歌》和《琵琶引》两篇作品曾有别于全集本而以单篇形式流传。

太田次男博士曾将单行的《新乐府》文本系统按特征分为旧抄本系统与刊本系统两大类，并进行了以下整理[2]：

1　王仲镛：《唐诗纪事校笺》，巴蜀书社1989年版。

2　详见〔日〕太田次男：《御物本白氏新楽府本文について》，《日本中国学会报》第28集，1976年；〔日〕太田次男：《台湾「中央図書館」所蔵本『白氏諷諫』明刊本について》，《日本中国学会报》第30集，1978年。

（Ａ）旧抄本系统《新乐府》

（1）基本属于大集本系统中的旧抄本。

（2）在满足条件（1）的同时，亦拥有与宋刊本、旧抄本不同且独特的措辞。

（Ｂ）刊本系统《新乐府》

（1）基本属于大集本系统中的宋刊本。

（2）在满足条件（1）的同时，有不少与旧抄本系统文本一致之处。

（3）在满足条件（1）和（2）的同时，还拥有不属于上述两大系统的独特措辞。

结合上述论点，我们可以对小野道风的法帖文本作如下推断：

该法帖拥有与（Ａ）中所述旧抄本系统的《新乐府》单行本同样的文本特征。《琵琶行》序文末尾的26字评语恐为该文在中唐时期流传的过程中所增。同时，该评语也可以被看作是明确证实《琵琶引》以单篇形式流传过的依据。总而言之，小野道风的法帖所依据的直接底本很有可能是有别于大集本并在民间以单篇形式流传的《琵琶引》。也许该作最初是在平安时代由遣唐使带回日本，并恰好被当时的书法家小野道风当作范本进行临摹。随后，其真迹传至江户时代，并被世人作为学习小野道风书风的范本而受到摹刻。就结果而言，唐抄本从白居易在世时算起，距今已有1000年以上的历史，然而其流传至今的内容却并未受到大的改变。

本文所利用的法帖刊本属于书法资料中的次要文献。然而，从文本系统的视角出发，该书中虽然存在部分误写和误刻，但对《白氏文集》校勘学来说，其具有区别于现存旧抄本的独特且宝贵的文献价值。

以上，笔者围绕小野道风的真迹和法帖刊本，就其文本的意义和特点进行了论述。通过考察可以得知，对于《白氏文集》校勘学而言，二者同为对其有益的珍贵资料。虽然在书法资料中，真迹类作品因种种原因而在短期内无法目睹。然而，令人感到欣慰的是，小松茂美博士的大作几乎收录了日本现存的所有白氏相关的真迹[1]，而花房博士则对其作品进行了编号。上述著作预计会在今后研究中起到推动作用。

中田勇次郎博士在《江户时代的法帖》中列举了诸多江户时代的书法资料，并在解题中对若干内容进行了介绍。若以此为导向，对白氏诗篇相关的法帖文本进行整理也并非难如登天。

书法资料的解读之艰难远远超出了笔者的预计。各方面专家的文字录入中也存在不少因误读而造成的错误。文字的录入本身便是一种解读文献的方法。为了能够还原正确的文本，我们应当不惧误读，通过将录入的资料进行公开并互相学习，来提高学术水平。

五

《管见记》纸背所载《文集》——解说与翻刻

《管见记》作为西园寺家流传至今的古记录、古文书而闻名于世，其中收录最多的是西园寺公名（1410—1468）的《公名公记》。因此，该书成了研究镰仓时代末期的珍贵资料。昭和十七年（1942）西园寺家将此书寄赠给了宫内厅，并由该厅书陵部保存至今（详见《国史大辞典》卷三，今江广道"かんけんき　管見記"一项的解说）。目前，笔者所关注的是此书纸背上写有的汉籍类。据迄今为止的报告显示，《管见记》中含有唐李贤（655—684）所撰《括地志》残卷、梁昭明太子（501—531）撰《文选》无注本卷二残篇和中唐大诗人白居易的《文

1　［日］小松茂美：《平安朝傳来の白氏文集と三蹟の研究》，墨水书房1965年版。

集》，包括《管见记》卷尾在内，共有25首白居易的诗收录其中[1]。李书和《文选》已由山崎诚作了细致的文字录入和详尽的报告[2]。山崎氏指出，二者的文本不属于作为衡量中国古文献基准的宋刊本系统，而应是日本直接传抄自唐代写本的重抄本。换言之，作为"旧抄本"资料的二书实为极其珍贵的汉籍。然而，自上述两篇考论发表以来，还未有关于《文集》的卓论面世。自山崎氏发表两篇考论，已过去了十余年。其间，笔者通过另行收集该书相关资料并对其纸背所书《文集》的文本进行比较分析后发现，其文本应当属于值得关注的资料。虽然相较之下，该资料的书写时期要晚于上述二书，但其同样属于以日本金泽文库旧藏本《文集》为代表的旧抄本。因此，资料的形式及文本应当保留了唐抄本的原来面貌。以下，笔者将会以《管见记》纸背所载《文集》为中心，通过将其与旧抄本和宋刊本两大系统文本进行对校，来对其价值和意义稍加分析。

该资料的相关文献情报已在山崎氏的两篇考论中得到尽述。因此，本书在并无追加补充的情况下将不再赘述。然而需要指出的是，山崎氏在《文选卷二解说》中对《文集》的残存状态进行了若干介绍，他提到："《文集》与《括地志》残卷以及《文选》卷二不同，第102卷的纸张全部受到了裱褙，从而使训点以及角笔点的判读变得尤为困难。同卷末尾的15行文字则几乎无法解读。"正如上述发言所述，该《文集》的文本作为资料来说，整体上存在种种判读困难之处。因此，文本将省

---

1 《文集》原来并非《白氏文集》的略称，日语读法也并非"もんじゅう"，而是"ぶんしゅう"。详见［日］太田次男：《旧钞本を中心とする白氏文集本文の研究》下卷，勉诚社1997年版。

2 ［日］山崎诚：《宫内厅书陵部藏『管见记』卷六纸背「括地志」残卷について—付翻刻—》，《和漢比較文学》第1号，1985年；［日］山崎诚：《文選卷二宫内厅书陵部藏「管见记」纸背影印・翻刻並に解说》，《鎌倉時代語研究》第7辑，1984年。

略书中时而出现的训点等标记，而将其单纯作为汉籍资料进行处理。

第102卷纸背所书训点从整体而言并不清晰，尤其是末尾15行的部分可谓无法解读。除此之外，文本和自注中也存在不少通过照片无法鲜明呈现，而用肉眼却能够判读之处。具体的文字录入将在文章的后半部分进行列举，以下的前半部分将会对该资料的文本进行分析。

在正式进行比较之前，笔者想首先对校勘用的诸本进行若干说明。

（一）关于校勘用诸本

旧抄本系统文本共两种：

（A）《白氏长庆集卷第廿二》（略称"长"）

昭和三十三年（1958）十月由贵重古典刊行会出版的影印本。神田喜一郎博士在解说中对此予以了高度评价："该书正可谓是与敦煌本《白香山诗集》相匹敌的珍贵资料。"其中二者的重复作品有7篇。

（B）日本蓬左文库藏那波本卷十六的批注（略称"蓬"）

如今，那波本《白氏文集》收藏于日本各地的图书馆和文库中。其中的一些混有以日本金泽文库旧藏本为代表的旧抄本系统文本。名古屋市蓬左文库藏本正是其中之一。笔者认为，该书卷十六的批注中混有来自旧抄本系统的文本（直接或间接暂时未知）。下文中将会对此问题稍加叙述。此处，该藏本将作为旧抄本系统中的一种被列入比较对象。

宋本系统文本也是两种：

（C）《白氏长庆集》七十一卷（略称"宋"）

南宋初期绍兴年间（1131—1162）刊（北京图书馆藏，文学古籍刊行社影印本）

（D）那波道圆校《白氏文集》（略称"那"）

日本元和四年（1618）刊（日本阳明文库藏，同朋舍影印本）。道圆24岁时刊刻的此书为木活字版，其底本为保留《文集》编次原貌的朝鲜铜活字本。然而，也有观点认为那波本以前、后集区分的形式出自北宋刊本，但笔者认为前诗、后文的区分方式有别于绍兴刊本，当属其后出现的南宋中期刊本一类。不过目前还尚未有确证。虽然刊期较之北宋刊本稍晚，但其文本属于宋本系统。

笔者将会对以上4种书以及《管见记》纸背所书《文集》进行对校。例文处所举为《管见记》中的文字。4位数字为花房英树博士所用的作品编号。由于有些诗题较长，为了阅读上的便利，此处采用编号代替。

1. 与《白氏长庆集卷第廿二》的关系

（〇九九〇）	〈长〉	〈宋〉	〈那〉
① （题）酬元八	●○	●无	●无
② 紫藤花鸟	●	桐	桐

（〇九九四）			
③ 沫下刀圭	●	末	末

（〇九九五）			
④ （题）同上炉峰	●○	●香○	●香○

（〇九九五）			
⑤ 龙锺遇雨回	●	鐘	鐘

（一〇〇三）			
⑥ 专夜奉帷屏	●○	帏○	帏○

以上，包括诗题在内，共有6例一致。

2. 与蓬左文库藏那波本的关系

（〇九九三）	〈蓬〉	〈宋〉	〈那〉
⑦ （题）（无）秋月	○●△	中●△	中●△
⑧ 添愁足恨	●	益	益
⑨ 玉公金蟾	●	银	银

(〇九八七)

⑩ 知君初觉　　　●　　　想　　　想

⑪ 香卢峰上云　　●　　　人　　　人

(〇九九〇)

⑫ 紫藤花落　　　●　　　桐　　　桐

(一〇二)

⑬ （自注）各赋　●〇　　人●〇　人●〇

(一〇六)

⑭ 文章或有名　　●　　　合　　　合

以上的⑦—⑭中，《管见记》纸背的诗文与蓬左文库藏本一致。此外，二者虽然存在异文，但从前、后文来看，意思极为相近。以下，笔者再举1例，并略述己见。

(〇九八四)　　　　〈蓬〉　　〈宋〉　　〈那〉

⑮时时唯鸟语　　　只　　　　闻　　　　闻

此处的"唯"字，刊本皆作"闻"。若取旧抄本系统文本中的"唯"或"只"字，全诗将构成对句，前、后文的联系也将得到改善。《文选》甘泉赋中的李善注曰："惟，是也。"从"惟""唯"同文这一点上来看，正与结句"处处是泉声"相对应。蓬左文库藏本的校异作"只"字，与《管见记》的"唯"字在意思上极为相近，因此从文意上来看，并无大碍。然而，面对随之而出现的旧抄本之间的异文问题，太田次男博士已经作了详尽的论考，笔者将不再赘述。此处举例只是为了证明"唯""只"二字皆属于旧抄本的文本。

3. 与《文苑英华》的关系

笔者在对《管见记》所载《文集》进行校勘时，除了以上4种书之外，还使用了《文苑英华》所收的文本。这是因为该书与《唐文粹》在以刊本为主的中国书籍中，拥有诸多与日本旧抄本一致的文本。

出现上述现象的原因之一在于，北宋前期编纂的《文苑英华》仍然能够利用到当时存世的唐抄本或与之接近的文献资料。原因之二则是该书作为1000卷的大型总集，相对而言避免了与宋版别集一样进行校订，从而保留了唐抄本的原文。

《昭君怨》（一○○三）便可作为其证。《管见记》纸背、《白氏长庆集卷第廿二》以及《文苑英华》皆收有此诗。以下，笔者将试对其中存有问题的一句进行比较。

① （管见记）　　专夜奉帷屏

② （长庆集）　　○○○○○

③ （蓬左文库）○○○○○

④ （文苑英华）○○○○○　　　所据宋版[1]。

⑤ （南宋本）　　○○○帏○

⑥ （那波本）　　○○○帏○

通过以上的比较可以发现，在宋版系统与旧抄本系统之间，此处的《文苑英华》文本与后者更为接近。

在《管见记》中，○九八八、○九九三、○九九八、一○○三这4首作品与《文苑英华》重合。若将已在上文中进行过校勘的○九九三的⑦、⑧、⑨再与《文苑英华》进行比较，其结果便如下所示：

		〈文〉	〈蓬〉	〈宋〉	〈那〉
⑦ （题）（无）秋月		○●△	○●△	中●△	中●△
⑧ 添愁足恨		●	●	益	益
⑨ 玉公金蟾		●	●	银	银

此处的一首诗中，《文苑英华》的文本亦有3处与旧抄本系统文本

---

1 宋版注云："帷，一作帏。"明版"帷"字作"帐"，其注云："帐，一作帏。"朱金城的《白居易集笺校》校异指出，"帏屏"的"帏"字在《文苑英华》中作"帐"，并未采用《文苑英华》的文本。

一致（此诗的例文在《文苑英华》的宋、明文本中未见差异。

以上所有示例的校勘结果皆显示，《管见记》纸背所载《文集》与旧抄本系统文本一致。此外，该书卷末题"文集卷十六"而并非"白氏文集卷十六"，保留了古老的形式，所以不论是从文本还是从形式两个方面来考虑，该书应当源自整体上继承唐抄本的旧抄本。此外，卷十六的批注中可见"病中见合菅家证本重移点 前黄门郎俊光（花押）"的识语。此处的俊光当指日野俊光。从《尊卑分脉》中的"嘉历五年五月廿一于彼堺薨六十七法名澄寂"一文以及《公卿补任》所载其卒年的官位来看，该花押应当写于"镰仓末期（正安文保之际）"[1]。据日本宫内厅书陵部藏新乐府的批注所示，俊光继承了日野家累世的家学，并有权利用以珍贵藏书丰富而闻名的日野文库。因此，不难想象其身边藏有《文集》的旧抄本和其他汉籍写本。

（二）日本传存的旧抄本价值

然而，《管见记》纸背所载《文集》的书写年代较之镰仓末期更为靠后，并且当时已有宋刊本《白氏文集》传至日本。尽管如此，又为何可以说纸背《文集》保存了唐抄本的文本呢？

虽然印刷术始于唐代，但佛经汉籍的正式出版被认为始于10世纪前半叶的五代时期。因此，即便书籍开始走向印刷化，但从整体上看，写本依然占据了书籍的主流形态。留学僧惠萼带回日本的《文集》当是如此，其原本也无疑为写本。

日本存有的大量旧抄本，作为刊本形态之前的汉籍资料，在江户后期以来受到了一部分书志学者的高度评价。这些书籍是从中国传来的唐

1　［日］山崎诚：《宫内厅書陵部藏「管見記」纸背解说》，《镰倉時代語研究》第7辑，1984年。

抄本经过多次传抄之后的产物。换言之，旧抄本汉籍群是祖本在奈良、平安时代由遣唐使传至日本后，经过数度传抄，以书写的形态流布于世的文本。

此外，跨越重洋传至日本的这些书籍虽在空间和时间上跨度都很大，但多出自帝都长安及其周边地区，而敦煌古书虽出自中国本土，但其文本却易受到窜改。因此，相较之下，前者毫不逊色，实属优秀的文献资料。如上所述，现存旧抄本中的大部分虽为唐抄本的传抄本，但考虑到日本对于中国文化的尊重，旧抄本应当受到了超乎预计的认真抄写，从而避免了宋刊本文本中时而出现的强硬变更的情况。杨守敬的《日本访书志》是对日本旧抄本评价的先驱性成果；而在熟知敦煌本的特点之后，罗振玉的《雪堂校刻群书叙录》则明确把握了旧抄本与敦煌本的近似性。罗氏在回国时卖掉了京都的宅邸，并用这笔所得委托刊行了《京都帝国大学文学部景印旧钞本》。笔者认为，罗氏此举正是出于其对旧抄本的深刻理解。

在旧抄本资料中，除了大型资料外，和书所引逸文、异文以及纸背书写的内容亦不容忽视。例如，藤原定家的《奥入》中引用的汉籍虽然零碎，但种类繁多。就目前的分析来看，其引用皆属于唐抄本文本系统。其中不仅存有可以对现行的汉籍文本予以订正的资料，更有《目连变文》这般仅存于敦煌的演说佛教故事的珍贵俗文学资料。因此，该书正可谓是吉光片羽的宝库。另外，平安初期的滋野贞主（785—852）所撰《秘府略》的残卷八百六十八的纸背可见两篇白氏诗文（○六二七、○六一一）。据笔者私见，这两篇诗文亦属于唐抄本系统的文本。

综上所述，在和书中，不仅正文部分可见相关文献的摘录，栏外、行间甚至纸背也同样如此。从被引用的注或文本中，往往可以找到如今早已失传的古书逸文。即便所引内容并非逸书的逸文，若该书的成书年代在唐代以前，则其引用文也应当基于唐代以前的文本。这样，一些现行通行本所无法解决的难题便有可能在瞬间得到答案。

综上所述，残存于日本的汉籍旧抄本资料群中，即便是书写年代远在唐代之后的作品，若其内容为唐代以前所作，那么其文字极有可能保留了接近于原本的面貌。不仅汉籍本身如此，和书中的引用文、摘录或是纸背文书中的文献资料也是如此。而《管见记》纸背所载《文集》正可谓是与以上提到的旧抄本汉籍价值不相上下的珍贵资料。

若事实与私见相符，那么本考察至少具有以下两个意义：

一是以日本金泽文库本为代表的旧抄本中，《白氏文集》卷十六的作品现已不存，而《管见记》纸背所载《文集》虽仅有其中一部分，但可以补其空白。

二是通过今后对日本蓬左文库所藏那波本的摘录进行彻底调查，可以为复原旧抄本系统卷十六的全部内容提供可能。

蓬左文库所藏那波本在作金泽文库本等旧抄本校异的移录时，有些卷附有识语而有些则没有（卷十六属于后者中的一例）。然而，由于书中还存在一些明刊本等书籍中的移录，所以在分析校异的文字时需要慎重考虑。

〈附〉《管见记》纸背

（〇九八三）山居

山斋方独往　尘事莫相仍
篮舆辞鞍马　缁徒换友朋
朝餐唯药菜　夜伴只纱灯
除却青衫在　其余便是僧

（〇九八四）遗爱寺

弄石临溪坐　寻花绕寺行

时时唯鸟语　处处是泉声

（〇九八五）山中与元九书因题书后

忆昔封书与君夜　金銮殿后欲明天

今夜封书在何处　庐山庵里晓灯前

笼鸟槛猿俱未死　人间相见是何年

（〇九八六）黄石岩下作

久别鸳鸾侣　深随鸟兽群

教他远亲故　何处觅知闻

昔日青云意　今移向白云

（〇九八七）戏赠李十三判官

垂鞭相送醉醺醺　遥见庐山指似君

知君初觉从军乐　未爱香炉峰上云

（〇九八八）醉后戏酬郑使君时使君先归留妓乐重饮

密坐移红毯　酡颜照绿杯

双蛾留且住　五马任先回

醉耳歌催醒　愁眉笑引开

平生少年兴　临老暂重来

（〇九八九）江亭夕望

凭高望远思悠哉　晚上江亭夜未回

日欲没时红浪沸　月初生处白烟开

辞枝雪蕊将春去　满镊霜毛送老来

争敢三年作归计　心知不及贾生才

（〇九九〇）酬元八员外三月卅日慈恩寺相忆见寄

恨望慈恩三月尽　紫藤花落鸟关关

诚知曲水春相忆　其奈长沙老未还

赤岭猿声催白首　黄茅瘴色换朱颜

谁言南国无霜雪　尽在愁人鬓发间

（〇九九一、〇九九二）偶然二首

楚怀邪乱灵均直　放弃合宜何恻恻

汉文明圣贾生贤　谪向长沙堪叹息

人事多端何足怪　天文至信犹差忒

月离於毕合滂沱　有时不雨谁能测

火发城头鱼水里　救火竭池鱼失水

乖龙藏在牛领中　雷击龙来牛枉死

人道著神龟骨圣　试卜鱼牛那至此

六十四卦七十钻　毕竟不能知所以

（〇九九三）秋月

万里清光不可思　添愁足恨绕天涯

谁人陇外久征戍　何处庭前新别离

失宠故姬归院夜　没蕃老将上楼时

照他几许人肠断　玉兔金蟾远不知

（〇九九四）谢李六郎中寄新蜀茶

故情周匝向交亲　新茗分张及病身

红纸一封书后信　绿芽十片火前春

汤添勺水煎鱼眼　沫下刀圭搅麹尘

不寄他人先寄我　应缘我是别茶人

（〇九九五）携诸山客同上炉峰遇雨而还沾濡狼藉互相笑谑题此解嘲

萧洒登山去　龙钟遇雨回

磴危攀荔薜　石滑践莓苔

袜污君相谑　鞋穿我自咍

莫欺泥土脚　曾踏玉阶来

（〇九九六）彭蠡湖晚望

彭蠡湖天晚　桃花水气春

鸟飞千白点　日没半红轮

何必为迁客　无劳是病身

但来临此望　少有不愁人

（〇九九七）酬赠李炼师见招

几年司谏直承明　今日求真礼上清

尝犯龙鳞容不死　欲骑鹤背觅长生

刘纲有妇仙同得　伯道无儿累更轻

若许移家相近住　便驱难犬上层城

（〇九九八）西江雨夜送客

云黑雨悠悠　江昏水暗流

有风催解缆　　无月伴登楼

酒罢无多兴　　帆开不少留

唯有一点火　　遥认是行舟

（〇九九九）登西楼忆行简

每因楼上西南望　　始觉人间道路长

碍日暮山青簇簇　　浸天秋水白茫茫

风波不见三年面　　书讯难传万里肠

早晚东归来下峡　　稳乘船舫过瞿唐

（一〇〇〇）罗子

有女名罗子　　生来才雨春

我今年已长　　日夜二毛新

顾念娇啼面　　思量老病身

直应头似雪　　始得见成人

（一〇〇一）读灵彻诗

东林寺里西廊下　　石片镌题数首诗

言句怪来还校别　　看名知是老汤师

（一〇〇二）听李侍郎琵琶各赋廿八字成

声似胡儿弹舌语　　如愁寒月恨边云

闲人暂听眉构敛　　可得（"得"字或衍）使和蕃公主闻

（一〇〇三）昭君怨

明妃风貌最娉婷　　合在椒房应四星

只得当年备宫掖　何尝专夜奉帷屏

见疏从道迷图画　知屈那教配房庭

自是君恩薄如纸　不须一向恨丹青

（一〇四）闲吟

自从苦学空门法　消尽平生种种心

唯有诗魔降未得　每逢风月一闲吟

（一〇五）戏问山石榴

小树山榴近砌栽　半含红萼带花来

争知司马夫人妒　移到堂前便不开

（一〇六）编集拙诗成十五卷因题卷末戏赠元九李廿

一篇长恨有风情　十首秦吟近正声

多被老元偷格律（元九向江陵日尝以拙诗一轴赠行自后文格率变）

苦教短李伏哥行（李廿常自负歌行近见予新乐府五十首默然心伏）

世间富贵应无分　身后文章或有名

莫怪气粗言语大　新排十五卷诗成

（一〇七）湖上闲吟

藤花浪拂紫茸条　菰叶风翻绿剪刀

闲弄水芳生楚思　时时合眠咏离骚

文集卷十六

文字录入凡例：

一是本次笔者虽然省略了一切训点，但也存在某些训点有助于理解文本的情况。对此，将另觅时机进行重新讨论。

二是虽然笔者原打算将字体的清晰与否加以区分，但考虑到文字录入亦为解释的方法之一，为了接受指正，特此未加区分。在录入时，笔者参考了朱金城的《白居易集笺校》。

在此，笔者想对日本宫内厅书陵部予以影印、许可使用相关资料，并在阅览时给予帮助表示由衷的感谢。

六
《秘府略》纸背所载白氏诗篇文本系统

《秘府略》是平安时代前期的东宫学士滋野贞主奉敕编纂的大型汉文类书，其规模达1000卷。虽然利用的资料与当时的中国相同，但水准却凌驾于他书之上。因此，《秘府略》作为日本文化史上值得注目的著作而为人所熟知。然而，本书虽然在成书时由1000卷构成，但其大部分在流传的过程中散佚，目前仅有卷八百六十四（百谷部中）和卷八百六十八（布帛部三）两卷存世。前者由古典保存会［昭和四年（1929）三月］，后者由副本协会［大正十二年（1923）一月跋］出版了复制本。因此，我们可以方便地确认原本的体裁和相关信息。此外，已故的饭田瑞穗曾对二卷作过细致且周到的考论[1]。

然而，笔者在下文中将要论述的并非《秘府略》的文本，而是其纸背的摘录。其书写年代应当在平安初期至中期左右，与纸张正面书写的《秘府略》相去不远，并且二者的笔迹有所不同。卷八百六十四（日本成篑堂文库藏）的影印本在刊行时，其纸背的摘录也被一并收录其中，

1　［日］饭田瑞穗：《『秘府略』の錯謬について一附『秘府略』引用書名等索引》，《中央大学文学部紀要》第76号，1975年；［日］饭田瑞穗：《『秘府略』に関する考察》，《中央大学九十周年記念論文集·文学部》，1975年。

而卷八百六十八（尊经阁文库）的影印本却未收录其纸背资料。因此，除了一些专家以外，世人还无从得知后者的书中存有哪些资料。

关于这一方面的内容，饭田氏曾进行过详细考论。就笔者所见，在上述论文之外，还未有相关研究面世。

以下，笔者将以饭田氏的考论为线索，针对二首白氏诗篇略述己见。

饭田氏将卷八百六十八的纸背文分为以下三大类：

（1）季房上书案。

（2）《尚书》经传抄出。

（3）白居易诗二首（〇六二七、〇六一一）。

由于山口谣司将在合适时机针对以上引用的第二项"《尚书》经传抄出"发表高见，所以笔者将不对此项进行讨论。

在对白氏的两首诗篇文本进行论述前，首先需要确认的是以上三类资料的书写时期。其原因在于，衡量两首诗篇文献价值的正是其书写的时期。

目睹过珍贵实物的饭田氏曾写下长篇见解。笔者不厌其详，将在下文中对其完整引用。

首先，纸背所书内容的笔迹与正面的笔迹不同。从书风上来看，应当是平安中期的文字。其中写有白乐天律诗二首的部分（应当是从《白氏文集》抄出）与其他部分的笔锋看上去稍有差异。此处的笔迹应与成箐堂本卷八百六十四的纸背所写秀才的对策相同。从内容上看，二者皆与纸张正面的《秘府略》无直接关系，并且从书写的先后顺序来看，《秘府略》的内容明显在前，而纸背内容在后。

接着，饭田氏判断上述三种纸背资料几乎为同一时期所写，并分析了"对策"的内容。针对该内容是写给谁看的这一问题，饭田氏在结合多种材料后判断道："归根结底，身为平安时代东宫的亲舅、中宫的长兄以及在位天皇的老师，藤原赖通和藤原时平可谓是接受这封上书的最为有力的人选。"桥本义彦、菊池绅一两位学者的解说也与此几乎一致。

藤原时平（871—909）和藤原赖通（992—1074）分别为平安前期和中期的公卿。因此，《秘府略》纸背的两首《文集》诗篇的抄录时期应当不出平安中期。若此推测属实，那么此两首诗篇直接参考的底本便不是以宋刊本为代表的刊本系文本，而有很大可能是旧抄本，应属与遣唐使携至日本的《白氏文集》原本极为接近的唐抄本或传抄本。然而，针对元稹（779—831）在《白氏长庆集序》（824年成书）中提到的"缮写模勒"的"模勒"二字，以往研究的一种有力说法将其解读为"上梓"之意，并将其视作一篇证明当时已存在刊本的文献。然而，近来曹之在归纳了"模勒"的用例之后提出的新观点认为，该二字应解为"编辑、编纂"之意。若曹氏之说属实，《秘府略》纸背的两首白氏诗篇便直接来自唐抄本。因此，仅凭日本现存的旧抄本中还未知其存在这一点，两首诗篇的价值也足可谓珍贵。

（一）两首诗篇的文本系统

为了对两首诗篇的系统加以考察，笔者将在以下列举两种文献作为比较资料。一是和书所载《文集》（日语读作"ブンシュウ"），二是中国北宋初期编纂的文学总集《文苑英华》所载《文集》。前者为大江维时（888—963）编纂的《千载佳句》[1]，其中收录了1083联七言唐诗。从该书的成立时期来看，书中所载的白氏诗篇文本系统应属于唐抄本或其传抄本。而后者则编纂于北宋初期，从而得以使用当时仍旧存世的唐抄本或与之接近的文本。此外，因该书是大型著作，在一定程度上避免

1　［日］金子彦二郎：《平安时代文学と白氏文集—句题和歌·千载佳句研究篇—》，培风馆1955年版。

了被与宋刊本别集一样进行校订的情况。在中国现行著作中，《文苑英华》是唯一一种与旧抄本文本有不少相同之处的版本文本。以下，笔者将对上述两书与《秘府略》纸背的两首诗篇文本进行比较，并试作分析。

（二）与《千载佳句》所载内容之比较——《华阳观中八月十五夜招友人玩月》（〇六二七）

虽然本诗在以金泽文库本为代表的旧抄本中还不曾为人所知，但通过重新组合《千载佳句》"八月十五夜"这一小项中的文本与其脚注的发句，我们能够将其复原如下：

八月十五夜

人道秋中明月好

欲邀同赏意如何

华阳洞里秋坛上

今夜清光此处多

虽然纸背的诗题作"华阳观中八月十五夜招友人玩月"，与上述诗题有很大出入，但由于"八月十五夜"属于脚注，所以恐为略写。刊本系统中的同诗题皆作"八月十五日夜"，较之多一"日"字。而无"日"字的脚注诗题应当与原本更为接近。如上所述，虽然《秘府略》纸背的诗题和《千载佳句》、诸刊本中的同诗题皆各有所出入，但三者的文本如出一辙。因此可以断定诸刊本保留了该诗原来的诗句。在此之上，我们可以借助《秘府略》纸背的记录对原本的诗题进行复原。

（三）与《文苑英华》之比较——《东都冬日会诸同声宴郑家林亭》（〇
六一一）

此诗不仅在旧抄本中未见其存，连写有旧抄本系统文本的和书中也
至今未见其踪。而《秘府略》纸背中的该诗内容如下：

东都冬日会诸同声宴郑家林亭

盛时陪上第	暇日会群贤	桂折应同树	莺迁各异年
宾阶纷组佩	妓席俨花钿	促膝齐荣贱	差肩次后先
助歌林下水	销酒雪中天	他日升沈者	无忘共此筵

此诗收入《文苑英华》卷二百十六。笔者将其与明抄本（底本为宋
本）和明刊本对照后并未发现差异[1]，但却和别集诸本有一处相异。即该
诗的第7句"促膝齐荣贱"的"荣贱"二字在宋、明和朝鲜刊本中作
"贫贱"，而两种清刊本（《全唐诗》《白香山诗集》）的此句文本成立
过程稍显复杂，为了论旨明晰，笔者将在后文说明这一问题。该诗作于
白氏年轻时，当时的他突破了进士及第的难关，并与同年的及第者在洛
阳郑家的林亭参加宴会。通过诗中的内容，读者仿佛置身于及第者与宾
客无关社会阶层上下而同聚一堂的隆重宴会，并感受到白居易当时的激
动心情。别集诸刊本作"贫贱"二字，则句意为"共贫穷"，与当时情
景不符，从而使上下文意变得难以理解。

因此，《秘府略》纸背所载该诗与别集刊本的同诗虽只有一字之
差，但却给句意带来重大差异。总集类的《文苑英华》作为中国的资

1　此处明抄本使用的是太田次男校本（据日本静嘉堂文库藏本），刊本则使用台湾华
文书局影印本（1965年）。

料，被认为保留了唐抄本的文字。而上述《秘府略》纸背中的该字恰好与《文苑英华》相一致。这一事实无疑向我们证明了前者的文本属于旧抄本系统。

接下来，笔者想针对上述两种清刊本的文本略述己见。

《全唐诗》和《白香山诗集》的该句诗与宋、明刊诸本相异，却与《秘府略》纸背以及《文苑英华》一致。那么，为何刊行时期靠后的两种清刊本的文字跳过宋、明刊本，而与旧抄本乃至《文苑英华》一致？前些年在台湾出版的《全唐诗稿本》的校本成了解决这一难题的资料。[1]通过调查该书可以发现，作为底本的明代马元调刊《全唐诗》文本借助《文苑英华》对同诗句进行了订正。而这一校订则被清代《全唐诗》和《白香山诗集》所采用。然而，无论是《全唐诗》还是《白香山诗集》皆未明确记录改变文本的根据。因此，突然间出现的优质文本令人感到些许的惊讶。结合上述情况来看，在使用清代校本作为分析文本系统的资料时，若不加以辨证，则不能排除因优质文本而反倒陷入混乱的可能。

至此，笔者对《秘府略》纸背所载两首白氏诗篇的书写时期进行了考察，并运用现存的两种资料对唐抄本中的该诗文字进行了比较分析。从结果来看，《秘府略》纸背的两首诗篇亦可谓属于珍贵的旧抄本系统文本。而《八月十五夜》（〇六二七）一诗的文本因在诸本间未见差异，乍看之下对它的考证没什么用处，但这使我们再次认识到唐抄本与刊本间的差异并不一定会出现在所有诗文中。[2]

---

1 钱谦益、季振宜递辑：《全唐诗稿本》第40册，台湾联经出版事业公司1979年版。

2 在此，笔者想列举古书迹《凌云集》中"古笔切"《文集》二七七〇一诗。据书中解说称，该诗为平安中期书法家的作品，而其文本与宋本系统的文本完全一致。

第二章
与旧抄本及刊本相关的考察

一

庆安三年刊本《新乐府》

最近中日两国的汉籍影印、校本研究较从前更为活跃，其中，有关《白氏文集》的研究也取得了显著成果，具有代表性的有罗联添的《白居易散文校记》、顾学颉校点本《白居易集》以及日本学者平冈武夫、今井清校定的校本《白氏文集》。

读过这些校本的读者可能已经察觉到，中日两国校订方面的最大区别就在于对旧抄本的处理。作为旧抄本的代表，日本的金泽文库本被认为保留了接近于唐抄本的原貌。

特别是神田喜一郎所藏的《文集》第三、第四卷的影印本，已由古典保存会在昭和二年（1926）到昭和四年间刊行，书中还附有桥本进吉的解题。而金泽本则在第二次世界大战后不久，由岑仲勉通过《金泽文库本图录》中的一部分影印内容与各本进行了比较。虽然他在介绍中表示"如能汇影各卷，以公世好，固所跂望，否则择第卅一、第五十二、第六十二等数卷先刊之，俾千载以后，硕果仅存之唐抄白集转出本，不

49

致湮坠，是则文艺界之大幸"[1]，但此后中方的校本、注释等作品中可以说完全没有使用上述材料（顾学颉的校点本中使用了敦煌本和"坎曼尔诗签"等作为校勘资料）。

对此，日本的平冈武夫和今井清两位学者的《白氏文集》校本充分利用以金泽本为代表的旧抄本进行了校定。这对《白氏文集》的复原工作来说，是划时代的伟业，无须笔者赘述。

旧抄本文本资料使日本的《白氏文集》校勘学获得了飞跃性进展。除了上述的金泽本、神田本等书以外，被称为"三迹"的名家们所作的白氏诗文墨迹本也现存颇多。

由于这些墨迹本都书写于平安时代，所以其文本也应当与质量上乘的唐抄本接近。事实上，平冈氏的校本也正是基于上述因素，而将墨迹本作为校勘资料的一部分使用。

但是，正如中田勇次郎所说："从其中（指"三迹"的墨迹本）的文字颠倒、脱落、谬误等来看，这些作品是作为书法艺术品而写下的，并非是为了制作正确的写本。这是书法古迹中常见的弊病。"因此，使用墨迹本作为文本校勘的资料，并非毫无问题。但是，中田氏又在此基础上继续指出墨迹本也有可能发挥校勘资料的价值。他说道："然而，如果能将此种书迹与作为写本的各种旧抄本进行更为精密的对校，可能又会获得某些新的成果。"[2]

而后，这一猜想也在太田次男的论文《御物本白氏新乐府考》中得到了证实。因此，即便是墨迹本，根据使用方法的不同，有时也可能具有作为校勘资料的价值。

除了上述墨迹本以外，日本还存有一些特别的资料，即以墨迹本为

1　岑仲勉：《从金泽图录白集影页中所见》，《"中央研究院"历史语言研究所集刊》第12本，1948年。
2　[日] 中田勇次郎：《白氏文集の書跡》，《書道全集》第12卷，平凡社1954年版。

模板的临摹本、双钩本、作为入木道范本的刊本以及名家墨拓等。如果将这些视为广义上的墨迹本，而进一步搜寻相关资料的话，墨迹本的数量便会增加。特别是这些书中收录了诸多以"新乐府"为中心的白氏诗文，从这层意义上来看，我们应该以对待旧抄本、墨迹本的标准对其进行调查。

　　例如，笔者将自身所藏的入木道本《琵琶引》（推定刊于江户前期）与诸本进行比较后发现，上述猜测绝非毫无意义。以下，将对此举例说明。（下文中的〈金〉指金泽本，〈管〉指《管见抄》本，〈江〉指入木道本，〈那〉指日本元和四年（1618）刊那波本，〈宋〉指南宋绍兴年间刊本，均为简称。）

	〈金〉	〈管〉	〈江〉	〈那〉	〈宋〉
① 元和十五年秋	●○	●○	●○	无无	无无
② 送客至溢浦口	●	●	●	无	无
③ 长安倡家女		●	●	无	无
④ 曲罢悯然		●○	●○	悯默	悯默
⑤ 命曰琵琶引		●	●	行	行
⑥ 寻阳江头		●	●	浔	浔
⑦ 寻声暗问		●	●	闇	闇
⑧ 小弦窃窃		●●	●●	切切	切切
⑨ 杂错弹		●○	●○	○●	○●
⑩ 冰下难		●○	●○	●滩	水○

　　如上文所示，旧抄本中的金泽本和同系统的《管见抄》本、入木道本的10处例子均一致，可见二者的关系非常接近。（关于入木道本的详细情况，笔者将日后另行论述。）当然，入木道本并非完全与旧抄本文本一致。正如中田氏所指出的那样，该类书存在着广义上的墨迹本通病，即脱字、脱句等。但是，这些书的确属于旧抄本系统，并且据笔者

私见，其祖本应与《御物本新乐府》祖本同属于单行的通行唐抄本。

此外，据书中识语称，该书保留了尊圆亲王的真迹，若果真如此，便不难想象上述质量优秀的文本在传至亲王家后，作为御家流鼻祖的原迹被用在此书中。

那么，即使书中内容并非原迹，且刊行时期远为靠后，只要相对而言保留了原迹的形式，即便是入木道刊本，也足以在补充现存旧抄本这一层面上，成为今日白氏校勘学中的珍贵资料之一。

当然，并非所有的墨迹刊本都一定拥有旧抄本系的文本。

正如早前的报告所述，文化十年（1813）刊行的江田易摹刻《新乐府》本（仅卷三）的文本与明正德十二年（1517）郭勋刊本《白乐天诗集四十卷》的文本一致，其原迹并非写于平安朝，而至少应该写于明正德十二年之后。

总而言之，在面对这些墨迹本等资料时，我们不应该仅从外形上做判断，还必须将其与各个相关的资料进行细致的比较。

庆安三年（1650）刊行的《新乐府》墨迹刊本则满足以上所有条件。然而，除了上述太田氏的两篇论文以外，几乎无人提及该书。此外，该书的文本系统也并未得到确定。因此，笔者将在下文中对该墨迹刊本的书的信息稍作介绍，并结合日本旧抄本与宋版等刊本的关系，对该书的性质及意义略述己见。

(一) 庆安刊本的书志

据笔者管见，该书现存四本，分别为日本京都大学附属图书馆藏本、庆应义塾大学附属研究所斯道文库藏本（但是，序文指出《七德舞》、《法曲歌》、《二王后》和《海漫漫》的前半部分有缺失）、日本国立国会图书馆藏本和已故的长泽规矩也藏本。

幸运的是，该书被长泽氏收录进了《和刻本汉诗集成》第 10 辑中，并由日本汲古书院于1974年11月刊行，因此，得以方便阅览。

虽然笔者未亲眼看见京都大学图书馆本，但据目录所载，该书为一轴本，与斯道文库一轴卷子本的构造相同。国会本为一册册子本，而长泽氏本为折帖。四书的封装各有差异。

首尾完整并能够亲眼看见的仅国会本这一本。以下，笔者将基于该书进行论述。

日本国立国会图书馆贵重资料室中架藏的首题一册本的第1页有"高木家藏書"之印。如其印所示，该书原是以藏书家为人所知的高木利太的旧藏本。

该书长28.8厘米，宽13.4厘米。每半页无界7行，每行14字，共57页。首题"新乐府并叙"，改行后从顶格起有序文，即"序曰……"，凡九千五百零二言。虽然序文的形式与南宋绍兴本（以下略称宋本）、那波本基本一致，但在细微处有仅与旧抄本一致之处。对此，笔者将在后文进行详述。然而，该书却与作为单行本而早为人知的《白氏讽谏》诸本明显不同。[1]

此外，序末别行有"唐元和四年左拾遗白居易作"一文，与宋本、那波本同处的"元和四年为左拾遗时作"不相一致，而与神田本等旧抄本完全吻合。

在《白氏讽谏》诸本中，光绪本未见该条显示制作年代的文末记述，而明刊本及卢文弨所引严震刊本在别行有"唐元和壬辰（七年）冬长至日右拾遗兼翰林学士白居易序"一文。这与庆安本完全不同。

1　详见［日］太田次男：《御物本白氏新楽府本文について》，《日本中国学会报》第28集，1976年。目前，其中内容为人所知的有以下3本：（1）明正德年间海宁严震刊本（卢文弨《白氏文集校正》有引该书）；（2）明正德年间四川布政使参政曾大有重刊本（未被用于平冈氏校本）；（3）清光绪十九年（1893）影宋刊本（虽然该书打上了影宋刊本的名号，但其文本在此3种书中最劣）。

在序文之后，从《七德舞》至《采诗官》为止的题名和题序（小字，侧注形式）分别位于各文本前，并低于文本二格。

庆安本在整体上将书中内容看作一卷，而其卷次记载中没有任何关于从文集第三、第四卷抄出的记录。虽然御物本《新乐府》以及《白氏讽谏》诸本与庆安本采用相同的体裁，但后者的文本系统却与诸本不同，因此无法被认为有直接的类源关系。对此，笔者将在后文进行详述。需要补充的是，旧抄本及刊本等书中的自注在庆安本中皆被删除。

书中50篇作品的次序虽与旧抄本及宋本等大集本系统的诸本一致，但与御物本《新乐府》及单行本《白氏讽谏》等至今被认为其祖本来自唐抄通行本的诸书相异。严震明刊本、曾大有明刊本、光绪影印宋刊本《白氏讽谏》三书的顺序皆为：《卖炭翁》三十二（〇一五六）、《阴山道》三十三（〇一五八）、《时世妆》三十四（〇一五九）、《母别子》三十五（〇一五七）。而御物本《新乐府》的顺序为：《卖炭翁》《母别了》《时世妆》《阴山道》。

神田本等旧抄本、宋版等刊本以及庆安本的顺序皆如括号内的作品编号所示。

最后的书页则可见"白氏新乐府应人之／索漫涂抹焉恐不得／无墨猪之诮／庚寅（三年）仲春／奥田松庵"五行识语，并另有两行写道："右训点以菅家相传之秘本写之毕/庆安三年十月 日 片山舍正刊板。"

手抄者奥田松庵，名舒云，字松庵，号子章。

虽然奥田的生卒年份未详，但被认为是江户前期的儒者。据杉野恒《典籍作者便览》所述，他是古活字本《白氏文集》刊行者那波道圆的弟子。若果真如此，该庆安刊本便应当如其识语所记载的那样，绝非随意书写而成之物。书中必然受到那波本的影响，对文本进行了斟酌。

此外，该书的刊记中有使用与文本不同的笔迹写道："右训点以菅家相传之秘本写之毕。"这使人感到此书底本与训点本底本不同。然而，笔者在调查全文后并未发现文本与训读存在龃龉之处。此外，两书都在同年十月出版，因此很可能是片山舍正（笔者难以赞同其假名为松庵之笔）在此书出版前，从相同的底本中转抄了训点。

若果真如此，该庆安本的底本便很可能是从一开始就写有训点的书迹本，而非单纯用于鉴赏的墨迹本[1]。因此，即便从这一层面来看，也应当对其进行详细调查。

在调查全书的笔迹后可以发现，该书文本中有两首诗（《骠国乐》《缚戎人》）的笔迹明显与松庵的不同。

下面，笔者想在将该书与诸本进行比较之前，对前文中多次提到的庆安刊本和与之外部体裁相同的旧抄本系统单行本御物本《新乐府》、刊本系统单行本《白氏讽谏》诸本的关系进行若干梳理。

上述太田氏的两篇论文的划时代意义在于，解释了以往模糊不清的单行本《白氏讽谏》诸本的特殊文本的由来。

太田氏指出，刊本《白氏讽谏》诸本虽然基本上属于宋本等大集本系统，但其作为中国的刊本，与相对而言保留了接近唐抄本文字原始面貌的日本旧抄本有不少一致之处，并且，该书存在诸多与各本完全不同的文字。从这些方面来看，《白氏讽谏》虽然在中唐以后至宋代受到种种修改，但其祖本并非是从宋版等大集本中直接抽出，而是与所谓民间

1　其实在文本中也存在相关暗示。以下为其一例。"不然当昔泸水头"（《新丰折臂翁》），若将此句中的"昔"字与诸本比较后，便可发现：（1）作"昔"，敦煌本、原神田本、高野本、京大三本注；（2）作"时"，《英华》本、宋版等刊本、《讽谏》本、《乐府》本；（3）作"死"，御物本、神田本；（4）"初"，京大三本、猿投贞治二、同六本、三条西本。正如以上引用的例证中出现的分化所示，仅庆安本作"不然当时死泸水头"，混入了（2）与（3）的文字。也许该诗原作"当时"二字，而别本对与之不同的"死"字进行了校注，在经过传抄后，因后人的错误而在文本中混入了庆安本中的3字。如此，庆安本的底本应当至少在某一时期作为点校本资料被使用。 以上诸本的校注实际情况详见［日］太田次男：《神田喜一郎氏所藏本文集卷第三·四について》，《斯道文庫論集》第14辑，1977年。

流传的通行唐抄本相关，即与所谓的定本是不同的系统。尤其是御物本《新乐府》的文本被认为直接继承自通行唐抄本。因此，在以往提出的旧抄本对刊本的历时性系统论之外，由于通行本文本的存在得到确认，大集本对通行本这一崭新的共时性系统论受到提倡，从而使得《白氏文集》复杂的异文形成过程越发清晰。为了明确庆安本所处的位置，就必须如上文所述，引入两个"系统论"后进行考察。

但是，在太田氏的两篇论文中，主要解释了御物本《新乐府》和《白氏讽谏》诸本的系统，庆安本虽然被使用，但论文并未对该本进行深入讨论。然而，两篇论文所载校异表却在偶然间明确显示出庆安本的文本与其他单行诸本不同，属于别的系统，即大集本系统。

因此，笔者为了避免内容叙述过于烦杂，将省略与通行本系统的诸本校异，而重点讨论庆安本在大集本系统诸本中所处的位置。

（二）与诸本的比较

1. 与旧抄本、宋本的比较

从整体上观察庆安本会发现，比起旧抄本，庆安本的文本更接近宋版等刊本。此外，笔者原先计划仿照入木道本的《琵琶引》，在此处附上校勘表，但恐使用文本繁多，反令表格复杂，因此选择列举更多文本上的例证作为替代，使各本的差异能够简洁地呈现。

神田本：文集卷三、四，神田喜一郎藏，嘉承二年（1107）藤原茂明写本，古典保存会影印本。

天理本：文集卷三，日本天理图书馆藏，永仁元年（1293）写本；文集卷四，天理图书馆藏，正应二年（1289）严祐写本。1980年天理图书馆善本丛书（汉籍之部）所收。

南宋本：南宋绍兴年间（1131—1162）刊本，北京图书馆藏，1955年文学古籍刊行社影印。

那波本：日本元和四年（1618）那波道圆刊古活字本（四部丛刊所收本）。

（卷三）

① 白髦黄钺定两京（《七德舞》）

〔●〕神田本、天理本　〔旄〕庆安本、南宋本、那波本

② 二十有四王业成（《七德舞》）

〔●〕神田本、天理本　〔功〕庆安本、南宋本、那波本

③ 天水茫茫无觅处（《海漫漫》）

〔●〕神田本、天理本　〔烟〕庆安本、南宋本、那波本

④ 击鼓吹笛和杂戏（《立部伎》）

〔●〕神田本、天理本　〔笙〕庆安本、南宋本、那波本

⑤ 乐工岂有耳如壁（《华原磬》）

〔●○〕神田本、天理本　〔虽在〕庆安本、南宋本、那波本

⑥ 长安市儿为乐师（《华原磬》）

〔●〕神田本、天理本　〔人〕庆安本、南宋本、那波本

⑦ 皆云入内必承恩（《上阳白发人》）

〔●〕神田本、天理本　〔便〕庆安本、南宋本、那波本

⑧ 一生遂向空床宿（《上阳白发人》）

〔●〕神田本、天理本　〔房〕庆安本、南宋本、那波本

⑨ 兵过黄河看未反（《胡旋女》）

〔●〕神田本、天理本　〔疑〕庆安本、南宋本、那波本

⑩ 未战十人二三死（《新丰折臂翁》）

〔●〕神田本、天理本　〔过〕庆安本、南宋本、那波本

（卷四）

⑪ 不伤财兮不夺力（《骊官高》）

〔●〕神田本、天理本　〔伤〕庆安本、南宋本、那波本

57

⑫ 百王理乱悬心中（《百炼镜》）

〔●〕神田本、天理本　　〔治〕庆安本、南宋本、那波本

⑬ 粧阁妓楼何寂静（《两朱阁》）

〔●〕神田本、天理本　　〔阁〕庆安本、南宋本、那波本

⑭ 金镂眼精银帖齿（《西凉伎》）

〔●○〕神田本、天理本　　〔镀睛〕庆安本、南宋本、那波本

⑮ 背如龙兮颈如鸟（《八骏图》）

〔●〕神田本、天理本　　〔象〕庆安本、南宋本、那波本

⑯ 心轻王业如灰尘（《八骏图》）

〔●〕神田本、天理本　　〔土〕庆安本、南宋本、那波本

⑰ 金斗熨波刀剪云（《缭绫》）

〔●〕神田本、天理本　　〔纹〕庆安本、南宋本、那波本

⑱ 半匹红纱一大绫（《卖炭翁》）

〔●〕神田本、天理本、南宋本　　〔绡〕庆安本、那波本

⑲ 一始扶床一初坐（《母别子》）

〔●〕神田本、天理本、南宋本　　〔行〕庆安本、那波本

⑳ 应似园中桃李树（《母别子》）

〔●〕神田本、天理本、南宋本　　〔又〕庆安本、那波本

以上20例例文中，有10例来自卷三，10例来自卷四。其中，庆安本有17例与南宋本以及被认为源自南宋中期蜀本的那波本一致。虽然如⑱、⑲所示，庆安本偶有仅与那波本相同之处，但从上述例文可知，该书与属于旧抄本的神田本和天理本全部相异。与此相同的例子还有很多。

以上为庆安本与旧抄本相异，而与宋版等刊本相同之例。此外，在发生文字互倒之处，庆安本也仅与宋版等刊本相一致。以下，笔者将列举数例加以说明。

① 古人今人何不同（《华原磬》）

〔●○〕神田本、天理本　　〔○●〕庆安本、南宋本、那波本

② 骨角冻伤鳞甲缩（《驯犀》）

〔●○〕神田本、天理本　　〔○●〕庆安本、南宋本、那波本

③ 大军将系金哕嗟（《蛮子朝》）

〔●○〕神田本、天理本　　〔○●〕庆安本、南宋本、那波本

④ 亦有亲情满故乡（《井底引银瓶》）

〔●○〕神田本、天理本　　〔○●〕庆安本、南宋本、那波本

⑤ 下流银水象江海（《草茫茫》）

〔●○〕神田本、天理本　　〔○●〕庆安本、南宋本、那波本

从以上5例可知，庆安本在发生文字互倒的例文中也仅与宋本等刊本相一致。相同之例也存在不少。

最后，笔者将列举在旧抄本中可见而刊本等脱落之例。

① 亦不言白日升青天（《海漫漫》）

〔●〕神田本、天理本　　〔无〕庆安本、南宋本、那波本

② 安用司天台高百尺为（《司天台》）

〔●○〕神田本、天理本　　〔二字无〕庆安本、南宋本、那波本

③ 铁声杀冰声寒（《五弦弹》）

〔六字同〕神田本、天理本　　〔六字无〕庆安本、南宋本、那波本

④ 一石之沙几石重（《官牛》）

〔●○〕神田本、天理本　　〔无斤〕庆安本、南宋本、那波本

⑤ 唯不测人间笑是嗔（《天可度》）

〔●○〕神田本、天理本　　〔无瞋〕庆安本、南宋本、那波本

上述出现脱字的5例也明确显示，在旧抄本与宋刊本之间，庆安本极为接近后者。尤其像④、⑤所示，在同时出现脱字和异文时，庆安本亦与后者相同。

59

此外，以上的区别在诗句出现的次序上也有所反映。以下为其中1例。

（《新丰折臂翁》）

〈旧抄本〉　　　　〈庆安本、宋本、那波本〉

从此始免征云南　　从兹始免任云南
· · · · · · ·
且图拣退归乡土　　〇〇〇〇〇〇〇
〇〇〇〇〇〇〇
骨碎筋伤非不苦　　● ● ● ● ● ● ●
臂折来成六十年　　臂折来来六十年
一支虽废一身全　　一肢虽废一身全

如上所示，在对异文、词序互倒、脱字以及诗句出现的次序进行比较后可知，庆安本在所有示例中皆与宋本等大集本系统刊本一致。

2. 庆安刊本的特色

比较的结果显示，庆安本明显属于大集本系统。然而，若仔细斟酌庆安本文本，便可发现其中存在着其他刊本未见的特殊文本，并且在各类刊本中，以神田本等为代表的旧抄本文本与这些特殊文本一致之处相比其他刊本类更多。

笔者已在前文中指出，庆安本与旧抄本在序文部分存在些许一致，以下，将会列举在上文中没有使用的序文部分进行说明。

① 首句标目古十九首之例也
　　　　· · · · · · ·
② 诗三百篇之义也
　　·
③ 使可以播于乐章歌曲也
　·

加点字为仅在旧抄本和庆安本中可见，而在大集本系统刊本中脱漏的字。

接着，笔者还将列举文本中与此类似之例，以反映庆安本与旧抄本一致而与宋本等大集本系统刊本相异。

以下反映差异的例子在把握庆安本文本特征时具有重要的意义，总体如下［圆括号内的"→"后方所示为旧抄本（神田本、天理本）与庆安本一致的内容。例文据南宋本］：

（卷三）

① 魏徵梦见天子泣（→子夜）　　〔《七德舞》〕

② 君看骊山顶上　　（→塚）　　〔《海漫漫》〕

③ 大家遥赐尚书号（→天）　　〔《上阳白发人》〕

④ 徒劳东来万里余（→南）　　〔《胡旋女》〕

⑤ 左纳言右纳史　　（→内）　　〔《太行路》〕

⑥ 四星煌煌如火赤（→五）　　〔《司天台》〕

⑦ 洲香杜若抽心短（→长）　　〔《昆明春水满》〕

⑧ 翻作歌词闻至尊（→播）　　〔《城盐州》〕

⑨ 杀声入耳肤血寒（→惨）　　〔《五弦弹》〕

⑩ 朝日唯闻对一刻（→隔）　　〔《蛮子朝》〕

（卷四）

⑪ 日辰处灵且祇　　（→奇）　　〔《百炼镜》〕

⑫ 兼车运载来长安（→连）　　〔《青石》〕

⑬ 渐恐人间尽为寺（→家）　　〔《两朱阁》〕

⑭ 应似凉州未陷日（→道是）　　〔《西凉伎》〕

⑮ 瑶池西赴王母宴（→追）　　〔《八骏图》〕

⑯ 此求彼有两不知（→弃）　　〔《涧底松》〕

⑰ 王母桃花小不香（→红）　　〔《牡丹芳》〕

⑱ 迎新弃旧未足悲（→宠）　　〔《母别子》〕

⑲ 合罗将军呼万岁（→阙）　　〔《阴山道》〕

⑳ 未死此身不令出（→合）　　〔《陵园妾》〕

㉑ 悮妾百年身　　（→误）　　〔《官牛》〕

㉒ 吃竹饮泉生紫毫（→毛）　　〔《紫毫笔》〕

㉓ 墓中下涸二重泉（→锢）　　　　〔《草茫茫》〕

㉔ 但见丹诚赤如血（→真）　　　　〔《天可度》〕

除了以上引用的24例之外，全书中还可找出70余例。而庆安本与旧抄本的一致不仅体现在以上的异文中，亦在脱文、脱句处保持一致。

若将旧抄本与宋版等刊本进行比较后便可发现，刊本中有以下7例存在脱文、脱句现象。

① 铁声杀水声寒（→庆安本、南宋本、那波本皆无）〔《五弦弹》〕

② 钿匣珠函锁几重（→南宋本、那波本皆无）　　　〔《百炼镜》〕

③ 两朱阁两朱阁（→后三字，南宋本、那波本皆无）〔《两朱阁》〕

④ 西凉伎西凉伎（→后三字，南宋本、那波本皆无）〔《西凉伎》〕

⑤ 红线毯红线毯（→后三字，南宋本、那波本皆无）〔《红线毯》〕

⑥ 陵园妾陵园妾（→后三字，南宋本、那波本皆无）〔《陵园妾》〕

⑦ 炀天子，自言欢乐殊未极，岂知明年正朔归武德（→此十九字，南宋本、那波本皆无）　　　　　　　　　〔《隋堤柳》〕

以上7例中，除①之外，其余的庆安本皆与旧抄本一致。在出现省略的部分，庆安本文本也远比宋版等刊本优质，从中亦可看出该本与旧抄本的紧密关系。

在以上引用的例证之外，庆安本与旧抄本一致之例还存在数个，因此其实际数量将会更多。

综上例证所示，庆安本虽然在基本大框架内确实属于大集本宋版等刊本系统，但书内存在着诸多仅在神田本、天理本等大集本旧抄本中可见的文字。

因此，庆安本文本的特点可归纳为以下三点：

（1）其祖本属于唐抄通行本，并与旧抄本御物本《新乐府》以及单行本《白氏讽谏》诸刊本的系统相异。

（2）从基本的大框架来看，该书属于大集本系统中的宋版等刊本群。

（3）该书文本中约有70处与旧抄本一致。

在满足以上条件的情况下，其祖本无疑只能是从大集本系北宋刊本抽出卷三、卷四《新乐府》50首作品的单行本。

然而，以上假说是通过内证推导而出的，接下来，笔者将另举外部资料来试论庆安刊本底本的祖本出自大集本系北宋刊本。

3. 与《乐府诗集》文本的比较

众所周知，除了上述单行本以及大集本系诸本收有白氏文集的文本资料外，总集中也可见相同资料。其中，在有关《新乐府》文本的资料中，北宋初期编纂的《文苑英华》和《唐文粹》作为中国的刊本拥有与日本旧抄本最高的近似性，属于珍贵的资料。令人遗憾的是，两书中皆未收录《新乐府》50首作品。

然而，北宋末期由郭茂倩编辑的《乐府诗集》完整收录了该50首作品。

那么，庆安本与《乐府诗集》的文本又有着何种关系呢？

根据平冈氏校本以及点校本《乐府诗集》的校异表，《乐府诗集》文本的特点首先可归纳为以下两点：

（1）《新乐府》50篇作品的顺序与大集本系统的诸本完全一致。

（2）《新乐府》的基本框架属于宋版等大集本系统本。

除了上述两点以外，《乐府诗集》中还有少数例子显示出以下的特别之处。

虽然例子的数量远比庆安本稀少，但《新乐府》中有4例与庆安本和旧抄本一致。

以下，笔者将举例说明。（〇内号码为庆安本的作品编号，而例中的文本仅与旧抄本一致。）

① 魏徵梦见天子泣（→子夜）

⑤ 左纳言右纳史 （→内）

⑱ 迎新弃旧未足悲 （→宠）

㉓ 墓中下涸二重泉 （→锢）

此外，《乐府诗集》中还存在与庆安本不一致，却单独与旧抄本一致之处。（〇内的号码为庆安本的作品编号。）

⑬ 妆阁妓楼何寂静 〔阁〕神田本、天理本、乐府本

⑲ 一始扶行一初坐 〔床〕神田本、天理本、乐府本

好生毛羽恶生疮（《太行路》） 〔成〕神田本、天理本、乐府本

为君盛容饰（《太行路》） 〔事〕神田本、天理本、乐府本

宅门题作奉诚园（《杏为梁》） 〔凤城〕神田本、天理本、乐府本

考虑到该书编纂者郭茂倩踏上仕途的时间至少在北宋末期的元丰七年（1084）后，其所据版本很可能是属于大集本系统的北宋刊本。

需要补充的是，《乐府诗集》中除了白氏的《新乐府》之外，还收录了其46首作品。其中，卷十二和卷六十八中收录的作品文本亦可见于旧抄本中的金泽本。因此，笔者出于论证的慎重性，将会对《乐府诗集》的文本与诸本进行比较（例文据那波本，校记据平冈氏校本）。

（卷十二）

①今夕未竟明夕催（《短歌行》）

〔●〕乐府本、南宋本、那波本 〔且〕金泽本、《管见抄》

②朱颜白日相隳颓（《短歌行》）

〔●〕乐府本、南宋本、那波本 〔随〕金泽本、《管见抄》

③梅酸檗苦甘如密（《生离别》）

〔●〕乐府本、南宋本、那波本 〔於〕金泽本、《要文抄》、《管见抄》

④朱颜日渐不如故　（《浩歌行》）

〔●〕乐府本、南宋本、那波本　　〔夜〕金泽本、《要文抄》

⑤命若不来知奈何　（《浩歌行》）

〔●〕乐府本、南宋本、那波本　　〔苟〕金泽本

（卷六十八）

⑥管急弦繁拍渐稠　（《乐世》）

〔●〕乐府本、南宋本、那波本　　〔丝〕金泽本

⑦老病人听未免愁　（《乐世》）

〔●△〕乐府本、南宋本、那波本　　〔△●〕金泽本

⑧马去车回一望尘　（《离别难词》）

〔●△〕乐府本、折本、南宋本、那波本　　〔两退〕金泽本、天海本校注

通过以上数例可知，《乐府诗集》的文本极为接近大集本系统刊本。

如此，便几乎可以断言《乐府诗集》所收白氏作品文本的底本属于大集本系统刊本，并且是其中的北宋刊本。

然而，若将《乐府诗集》与庆安本、旧抄本进行比较便可发现，《乐府诗集》所据底本即使为北宋刊本，其与旧抄本的关系也十分疏远，但却与南宋初期的绍兴刊本接近。与此相反，同被认为祖本是北宋本的庆安本却保留了旧抄本的文本。

综上所述，北宋刊本必然存在多种，并且庆安本的底本应当比《乐府诗集》所据底本刊行的时间更早，属于北宋刊本中的上乘之作。

需要补充的是，日本所藏的《白氏文集》文本中，除了包括惠萼本在内的唐抄本系统的写本之外，平安中期以后便存在北宋刊本传来的明确证据。

《御堂关白记》中所提到的"折本文集"［宽弘七年（1010）11月28日条，长和二年（1013）9月14日条］等关于宋刊本（即"折

本")《白氏文集》的记录时期,相当于北宋前期的宋真宗时。此外,属于旧抄本系统摘录本的《管见抄》末尾的一部分内容被认为是来自北宋刊本的9篇作品,同时该书中还有评定所许可《白氏文集》刊行的公文:"景祐四年,有《白氏文集》一部,七十二卷,可以印行。"如上文资料所示,北宋刊本《白氏文集》确实曾传至日本。如此,庆安本的祖本也可能是平安中期以后输入日本的一种刊本(或为重抄本)。

综上所述,庆安本的底本较《乐府诗集》所据本的刊行时期更早,属于从大集本系统北宋刊本中抽出《新乐府》50篇作品的单行本,并与被称之为《白氏讽谏》的单行本没有直接关联。笔者认为,该单行本可能作为刊本,经宋代商人之手传入日本的摄关家等上流堂上家。

当时的折本是非常珍贵的资料,而博士家的人们无法轻易入手。因此,当时人们所读的应当是宋刊本的重抄本,即在小范围内传播的写本。

正如笔者已经指出的那样,包括金泽本在内的所有现存本,都并非属于旧抄本系统(卷五十四的识语中写有以宋本为底本的记载)。而卷三十一、卷三十三显然是以宋本(并极有可能是北宋刊本)为底本的重抄本。[1]以上事实,也可证明北宋刊本的重抄本确实曾存在于日本。

如上所示,平安中期以后,宋刊本的重抄本便很有可能在部分博士家等范围内流传,并且,当时的宋本也极有可能就是现在中日两国皆已经散佚的北宋本。而奥田松庵所书写的庆安本的祖本,应是拥有这般复杂的形成过程,并源于北宋本的重抄本。

若果真如此,在目前北宋本已经散佚的情况下,庆安本便无疑是非常重要的资料。

此外,至今为止,只要提到单行本,便只有已受到确认的《白氏讽

1　详见［日］太田次男:《白氏文集金沢文库本私见—卷三十一を中心にして—》,《史学》第44卷第3号,1972年;［日］太田次男:《白氏文集金澤文庫本の復元について—卷三十三を中心にして—》,《斯道文庫論集》第11辑,1974年。

谏》等原本即为单行本的书。而现在，像庆安刊本那样从全集本中单独抽刻的书的存在也得到了确认。这令人深切感受到中国刊本的复杂性。此外，现今还未公开的北京图书馆藏明刻公文纸本和抄本也有待调查。

最后，笔者希望谈一谈此书的历史意义。前文中虽已提到了一部分，但以下将通过庆安本与旧抄本和宋本之间的关系再次进行总结。

太田氏通过对神田本的细致调查，提出需要对完成书写后不久的文本（称之为"原神田本"）与参照他本后加以改定的现文本进行区分，同时还说明了复原后的18例文本（原神田本）与大集本系宋版等刊本一致。此外，太田氏还表示，研究者在处理旧抄本时，时常草率地强调旧抄本文本对于宋刊本的优越性的行为具有危险性，并指出大集本系旧抄本文本与大集本系宋版等刊本的联系比原先预想的要更为紧密。

该庆安本比南宋版等刊本更能证明这一猜想。正如上文中的例证所示，庆安本与南宋版等刊本相异之处，全部都和旧抄本一致。换言之，通过将庆安本置于旧抄本和南宋本之间，可以如实发现旧抄本文本逐渐向南宋版等刊本变化的具体过程。

出现在《白氏文集》中的文本变化绝非仅限于白氏的作品。不难想象，在唐代文人的作品原本几乎散佚殆尽的当下，其他文人的集部中也潜藏着相同的变化。从这一层面上看，庆安本对显示唐抄本文本向南宋刊本文本转变的过程来说，实属极其稀有的资料。

虽然笔者使用的直接资料为江户时期的墨迹刊本，并在一些论点上进行了数度推论，但还是决定提出上述私见。

二

许氏榆园刊《文粹》文本——以白居易的两首诗篇为例

在第四次中唐文学研究会（1993年9月召开）上，笔者曾以"总集文本异文考——《（唐）文粹》与《乐府诗集》所收白氏诗篇"为题进行了观点阐述。通过总集文本与旧抄本《白氏文集》的联系，笔者提出，在对作为中方文献资料的别集诸刊本予以关注的同时，时常易被忽略的总集文本也应受到更多关注。对此，笔者以《（唐）文粹》诸本所收白氏二诗（《贺雨》《七德舞》）为例，指出在中国诸本中，包括众所周知的成书于北宋初期的《文苑英华》和几乎与之同时期完成的《（唐）义粹》以及北宋后期编纂的《乐府诗集》（该书仅收《七德舞》）与日本的旧抄本存在大量一致的文本。然而，在这3种文献中，《（唐）文粹》各本保留了略为复杂的文本。笔者如此认为的依据在于，在自身使用的5种本子之中[1]，只有刊刻时间最晚的许氏榆园刊本（以下简称为"许氏刊本"）与旧抄本文本一致。

据许氏刊本的凡例记载，校订者谭献等对丁氏八千卷楼的北宋版残本以及钱塘夏氏所藏绍兴九年（1139）刊本进行了对校，并附上了数页

1　5种本子为：①《四部丛刊》初印本（密韵楼藏元翻宋小字本影印本）、②《四部丛刊》次印本［嘉靖三年（1524）徐焴刊本影印本］、③苏州书局刊本［光绪九年（1883）刊］、④杭州许氏刊本［光绪十六年（1890）刊］、⑤《景印文渊阁四库全书》本（台湾商务印书馆1986年版）。关于《（唐）文粹》诸刊本，在《书目答问》等书中还提到了"顾广圻校刻大字本"一书，但正如许氏刊本缀言中所指出的那样，该书很有可能以"未刻"告终。

对校记录。由于谭氏使用了可信度颇高的宋版作为校订的文本，所以笔者推断其目睹的宋版与旧抄本文本内容一致，并提出只要宋版存在，便应当排除万难而用之。

然而，笔者在提出上述意见的数年后，又找到了一种资料。那便是南宋人彭叔夏编撰的《文苑英华辨证》[嘉泰四年（1204）成书]。周必大（1126—1204）在校订《文苑英华》时，附上了自身对别集、总集诸本校注时的是非判断。由于这些按语随校注一同散见于全卷，因此不便于阅览，而跟随周必大进行校订事业的彭叔夏则以周氏校订的文本为中心进行了整理和补充，并将其编为《文苑英华辨证》十卷。

《文苑英华辨证》卷一（知不足斋丛书本）中写道：

　　○白居易《贺雨诗》"己责宽三农"，乃用《左传》晋悼公己责事，谓止逋责也。而集本、《文粹》并作"责己"。　上文已云"下罪己诏"，此不应又云"责己"。

此外，《文苑英华》（卷一五三）中也载有《贺雨诗》。针对"己责"二字文本，校注写道："二字出《左传》。《文粹》作'责己'，非。"

从以上两种资料可知，周必大、彭叔夏所见宋版文本应皆作"责己"二字。[1]由于别集《白氏文集》宋版系统的文本（绍兴刊本、那波本）作"责己"的事实已在上文中得到确认，因此这也与笔者在先前的中唐文学研究会上提出的看法相异。于是，笔者不得不核查北京图书馆藏的唯一现存宋版文本。[2]

---

1 周必大校注的态度极为慎重。小尾郊一博士指出，周必大曾表示"印行之集本妄增字，……印本经后人添改。"详见［日］小尾郊一：《白氏文集傳本に就いて》，《東方学報》第15册，1946年。

2 详见于《中国版刻图录》（图版九、十）书影和赵万里执笔的提要。赵万里：《中国版刻图錄》，朋友书店影印本，1983年。

笔者向北京师范大学谢思炜教授提到许氏刊本与白氏诗篇的校异时，立刻得到了谢教授的答复。结果显示，北京图书馆藏《文粹》所载文本确与《文苑英华辨证》《文苑英华》校注所引《文粹》内容一致。

至此，笔者在中唐文学研究会上提出的推论被证明是有误的。借此机会，笔者使用了谢思炜教授提供的校异资料（本考将其作为附录记于文末），并对《（唐）文粹》诸本所载白氏诗文全篇进行了分析后发现，至今为止犹如隔靴搔痒般的种种疑问得以解决。同时，作为集清朝考证学成果于一身的校本之一，许氏刊本《文粹》以其精刻而为人称赞，但笔者也发现其中潜藏着超乎预料之外的问题。

以下，笔者将围绕许氏刊本列举一两个问题，并着重提出有关《（唐）文粹》诸刊本文本与《白氏文集》系统的若干私见，以求教于方家。

（一）《（唐）文粹》诸本的文本

以下，笔者将从《白氏文集》中选取两篇（〔甲〕《贺雨诗》、〔乙〕《七德舞》）作为分析对象。选择它们的理由在于，日本残存的《白氏文集》旧抄本以及中方的诸刊本资料中，有很多都收录了这两篇作品，因此容易对此进行比较。然而，若是一味列举资料进行文本系统的考察，又恐招致不必要的混乱。所以，笔者决定首先试对收录于《（唐）文粹》诸本中的该两者诗文本的系统进行讨论。

对于《（唐）文粹》的诸本，笔者参考了《中国古籍善本书目（集部）》（上海古籍出版社1996年版），以日本国内现存本为中心进行调查后，确认了以下9种刊本的存在，并进行了对校。（以下的汉字编号为索书号。）

① 文粹　明初刻本

　　·日本宫内厅书陵部　　　　　五五七　　　五

・日本内阁文库　　　　　　　三六二　　四二

此书与《四部丛刊》初印本同版。该初印本封面有"乌程蒋氏密韵楼藏元翻宋小字本"一文。[1]

②重校正唐文粹　明嘉靖三年徐焴刻本

・日本宫内厅书陵部　　　　　一五八　　一二四

　　　　　　　　　　　　　　五一一　　三七

宫内厅目录（《和汉图书分类目录》）作"嘉靖六版"，当误。

・日本静嘉堂文库　　　　　　一七　　　一七

　　　　　　　　　　　　　　一〇二　　七二

　　　　　　　　　　　　　　一〇二　　七三

・日本蓬左文库　　　　　　　一二　　　二四

该书是《四部丛刊》本印行之际，与①所举密韵楼藏本换本之书。平冈武夫校定的《白氏文集》也使用了该书。正如顾廷龙、潘承弼共编《明代版刻图录初编》（卷六）中所述，"按此当从宋本覆刻者"，该书即便在明版覆宋本中也被认为是善本。

③重校正唐文粹　明嘉靖六年张大轮刻本

・日本静嘉堂文库　　　　　　一〇三　　一

该书被评为《（唐）文粹》诸本中的善本。此外，同书传本的数量即便在中国也被认为十分稀少。中国书店竞拍目录（1998年10月）中附有一页该书刊记的书影。在刊记末行写有"嘉靖六年冬十月甲子后学东洋张大轮　识"。

此外，《静嘉堂文库汉籍分类目录》中对该书仅记为"明刊本"。岛田重礼旧藏本。

1　［日］阿部隆一：《中国訪書志》，汲古书院1976年版。

④ 唐文粹　明嘉靖八年晋府养德书院刻本

　　·日本宫内厅书陵部　　　　　一五九　　二一二

　　·日本内阁文库　　　　　　　三六二　　四一

宫内厅目录中记为"嘉靖版"。

⑤ 重校正唐文粹　明万历四十六年邓汉刻本

　　·日本宫内厅书陵部　　　　　C三　　　九

⑥　唐文粹　明崇祯三年徐仁中刻本

　　·日本内阁文库　　　　　　　集六九　　二

　　·日本国会图书馆　　　　　　一六二　　五六

　　·日本东北大学狩野文库　　　四·一四三八三·三〇

　　·日本天理图书馆　　　　　　一八七——一

　　《（日本）内阁文库汉籍目录》《（日本）东北大学汉籍目录》中皆记为"明末刊"，《（日本）国会图书馆汉籍目录》中并未特意对版本种类进行记录。

⑦ 《景印文渊阁四库全书》本（台湾商务印书馆1986年版）。

⑧ 唐文粹　光绪九年苏州江苏书局刊本

　　·日本东京大学综合图书馆　　E四五一九七〇

⑨ 文粹　光绪十六年杭州许增榆园刊本

　　·日本东京大学综合图书馆　　E四二一二七七

　　笔者在调查中使用的是浙江人民出版社刊行（1986年）的影印本，并在必要时参照了东大图书馆本。

　　除以上9种文本之外，笔者还使用了谢思炜教授提供的北京图书馆藏宋刊本《文粹》所收的白氏诗篇校异表。通过对上述10种文本进行对校，可以发现《贺雨诗》和《七德舞》出现了以下两个系统的文本：

　　《贺雨诗》：作"责己"①②③④⑤⑥⑦⑧及宋刊本；作"己责"仅⑨。

《七德舞》：作"天子"①②③④⑤⑥⑦⑧及宋刊本；作"子夜"仅⑨。

从以上结果可以看出，许氏刊本文本拥有可谓孤立的特性。那么为何只有许氏刊本保留了如此特异的文本呢？众所周知，许氏刊本在《（唐）文粹》诸本中是最后刊刻的文本。该书中突然出现与以往诸本相异的文本，必然有其相应的理由。换言之，许氏刊本突然出现的异文并非由于误刻等偶然性造成的，反之，笔者一直认为该书中的异文是由于对两篇作品整体有着深刻理解而刻意修改的。事实上，这些异文正是对以往错误的文本进行的订正。对此，笔者将在下文中进行详述。为了说明异文出现的过程，笔者采取了以下方法。虽略显累赘，笔者决定引用上述二诗全句，并使用《（唐）文粹》以外的总集以及别集诸本对诗中异文进行比较，分析其文本的妥当性。

（二）总集、别集诸本的文本

1. 《贺雨诗》〔《（唐）文粹》卷十七下〕

该诗在别集本《白氏文集》诸本中被置于卷一的卷头，并属于翰林学士白居易任左拾遗时喜欢的古调诗。（例文据许氏刊本）

皇帝嗣宝历	元和三年冬	自冬及春暮	不雨旱爞爞
上心念下民	惧岁成灾凶	遂下罪己诏	殷勤告万邦
帝曰予一人	继天承祖宗	忧勤不遑宁	夙夜心忡忡
元年诛刘辟	一举靖巴邛	二年戮李锜	不战安江东
顾惟眇眇德	遽有巍巍功	或者天降沴	无乃儆予躬
上思答天戒	下思致时邕	莫如率其身	慈和与俭恭
乃命罢进献	乃命赈饥穷	宥死降五刑	己责宽三农
宫女出宣徽	厩马减飞龙	庶政靡不举	皆出自宸衷

奔腾道路人	伛偻田野翁	欢呼相告报	感泣涕沾胸
顺人人心悦	先天天意从	诏下才七日	和气生冲融
凝为油油云	散作习习风	昼夜三日雨	凄凄复濛濛
万心春熙熙	百谷青芃芃	人变愁为喜	岁易俭为丰
乃知王者心	忧乐与众同	皇天及后土	所感无不通
冠佩何锵锵	将相及王公	蹈舞呼万岁	列贺明庭中
小臣诚愚陋	职恭金銮宫	稽首再三拜	一言献天聪
君以明为圣	臣以直为忠	敢贺有其始	亦愿有其终

《新唐书·宪宗本纪》中记载道："（四年）闰月己酉，以旱降京师死罪非杀人者。……省飞龙厩马。己未，雨。"正如上文所示，白居易在作此诗时，京城已经遭遇了长期的严重干旱。当时的皇帝宪宗将发生此严重灾害的责任归于自身的无德，下令停止进献、赈济灾民、减轻刑罚、减免赋税，甚至从六宫中放出宫女和减少内厩马匹的数量。在此情况下，期待的降雨到来，青年官僚白居易便以该诗歌颂了宪宗当时的应对举措并祝贺其成果。

如今，在该诗文本中出现的问题在于第28句"己责宽三农"的加点二字上。

在下结论之前，笔者想先试着整理一下诸本中的此句文本。加点字可分为两种：（1）作"责己"；（2）作"己责"。

（由于诸本中的"己""已"二字的字体未必统一，所以从上下文来看，将"己"意判断为"自己"，而将"已"意判断为"中止"之意）

（1）作"责己"。

A. 宋本系统诸本

①（南宋）《白氏长庆集》七十一卷

北京图书馆藏，绍兴年间（1131—1162）刊本，文学古籍刊行社影印，1955年。

②（朝鲜版）铜活字本《白氏文集》七十一卷

日本宫内厅书陵部藏（五一○　二三），朝鲜成宗（1469—1494年在位）末年刊。

③（朝鲜版）整版本《白氏文集》七十一卷

大阪府立中之岛图书馆藏（韩一三　三六），万历末年（1607年前后）刊。

④（古活字版）那波道圆刊本《白氏文集》七十一卷

日本阳明文库藏，日本元和四年（1618）刊，同朋舍影印，1989年。

⑤（官版）《白氏文集》七十一卷

日本内阁文库藏（三一五　一九），日本文政六年（1823）刊。

B. 明本系统诸本

⑥华坚兰雪堂铜活字本《白氏长庆集》七十一卷

日本鹤见大学图书馆藏，正德八年（1513）刊。

⑦郭勋刊本《白乐天诗集》四十卷

东京都立中央图书馆（特别买上文库　汉籍）（室　特八○○五），正德十二年（1517）序刊。

⑧龙池堂伍忠光刊本《白氏文集》七十一卷

日本蓬左文库藏（一一四·三），嘉靖十七年（1538）刊。龙池堂钱应龙本为伍忠光刊本的重修本。

⑨王凤洲先生校《元白长庆集》三十一卷

日本内阁文库藏（二部）（三一五　一七·集九七　六），明末刊。卷九所收。

⑩松江马元调刊本《白氏长庆集》七十一卷

日本内阁文库藏（别二四　二），万历三十四年（1606）序刊。

⑪张之象编《唐诗类苑》二百卷

日本内阁文库藏（集一〇三　二），万历二十九年（1601）序刊，汲古书院影印。卷四所收。

⑫杨大鹤刊本《香山诗钞》二十卷

日本内阁文库藏（集三　九），康熙四十年（1701）序刊。

⑬《全唐诗》

康熙四十五年（1706）编，中华书局排印。卷四二四所收。校注："一作'己责'。"

（2）作"己责"。

⑭《文苑英华》

静嘉堂文库藏（一七　一九），隆庆元年（1567）序刊，台湾华文书局影印，1965年。卷一五三所收。

笔者使用的《文苑英华》文本为太田次男博士的校本（中华书局本《文苑英华》与静嘉堂文库本对校之物）。

周必大的校注中写道："二字（笔者注：指'己责'二字）出《左传》。《文粹》作'责己'，非。"

⑮汪立名—隅草堂刊本《白香山诗集》四十卷

康熙四十二年（1703）刊（家藏）。卷一所收。

其校注中写道："按'己责'乃用《左传》晋悼公己责事，谓止逋债也。今本皆作'责己'，误。"正如此文所示，虽然未明确写有出典，但显然蹈袭了周必大的校注。

⑯卢文弨编《白氏文集校正》一卷

《群书拾补》所收，乾隆五十二年（1787）序刊（家藏）。

⑰《御选唐宋诗醇》五十八卷

乾隆十五年（1750）刊（据《书目答问》），上海鸿文书局石印本，出版时间不详（家藏）。卷十九所收，引有汪立名按语。

⑱沈德潜编《唐诗别裁集》二十卷

乾隆二十八年（1763）教忠堂重刊本，中华书局影印，1975 年（家藏）。卷三所收。正文"己责宽三农"右侧有小字注："责音债。用晋悼公事，谓止逋。"

⑲俞汝昌增注《唐诗别裁集引典备注》二十卷

道光十六年（1836）序刊，上海观澜阁石印，1898 年（家藏）。卷三所收。

⑳曹文埴编《香山诗选》六卷

日本帝塚山学院大学图书馆藏，光绪十七年（1891）刊。卷一所收。

在以上 20 例中，笔者最感兴趣的是⑬的《全唐诗》。该书的正文中作"责己"，而校注中写道："一作'己责'。"从中可以推断，《文苑英华》关注到了这个差异。至于⑮的《白香山诗集》，周必大的校注被作为根据，"今本皆作'责己'"终于被断定为"误"。其后，⑳的《香山诗选》也直接将"己责"认定为正确的文本。如今的顾学颉点校《白居易集》（中华书局 1979 年版）和朱金城笺校《白居易集笺校》（上海古籍出版社 1988 年版）中，"己责"二字也毫不迟疑地被作为正确的文本而逐渐固定。

下面，笔者将使用相同的方法对《新乐府》50 首作品中的第一首《七德舞》的异文加以分析。

2. 新乐府《七德舞》〔《（唐）文粹》卷十二〕

七德舞　七德歌　传自武德至元和

元和小臣白居易　观舞听歌知乐意

曲终稽首陈其事　太宗十八举义兵

白旄黄钺定两京　擒充戮窦四海清

二十有四功业成　二十有九即帝位

三十有五致太平　功成理定何神速

速在推心致人腹　亡卒遗骸散帛收

饥人卖子分金赎　魏徵梦见子夜泣

张谨哀闻辰日哭　怨女三千放出宫

死囚四百来归狱　剪须烧药赐功臣

李勣呜咽思杀身　含血吮疮抚战士

思摩奋呼乞效死　则知

不独善战善乘时　以心感人人心归

尔来一百九十载

天下至今歌舞之　歌七德　舞七德

圣人有作垂无极　岂徒耀神武

岂徒夸圣文　太宗意在陈王业

王业艰难示子孙

　　该诗为《新乐府》的卷头之作，也是白氏的得意之作。在这首乐府体的诗中，白氏基于《贞观政要》等，生动描写了太宗皇帝的具体事迹和人格魅力，这也成了该诗的精华部分。

　　如今的问题在于此诗文本"魏徵梦见子夜泣"这一句中的"子夜"二字上。

　　笔者将采取与《贺雨诗》相同的方法，对诸本中的该句诗进行整理。加点字可分为两种：（1）作"天子"；（2）作"子夜"。

　　（1）作"天子"。

　　A. 宋本系统诸本

　　①（南宋）绍兴刊本《白氏长庆集》七十一卷

　　北京图书馆藏，绍兴年间（1131—1162）刊。

②（朝鲜版）铜活字本《白氏文集》七十一卷

日本宫内厅书陵部藏，朝鲜成宗（1469—1494年在位）末年刊。

③（朝鲜版）整版本《白氏文集》七十一卷

大阪府立中之岛图书馆藏，万历末年（1607年前后）刊。

④（古活字版）那波道圆刊本《白氏文集》七十一卷

日本阳明文库藏，日本元和四年（1618）刊。

⑤（官版）《白氏文集》七十一卷

日本内阁文库藏，日本文政六年（1823）刊。

B. 明本系统诸本

⑥华坚兰雪堂铜活字本《白氏长庆集》七十一卷

日本鹤见大学图书馆藏，正德八年（1513）刊。

⑦郭勋刊本《白乐天诗集》四十卷

东京都立中央图书馆藏，正德十二年（1517）序刊。

⑧龙池堂伍忠光刊本《白氏文集》七十一卷

日本蓬左文库藏，嘉靖十七年（1538）刊。

⑨王凤洲先生校《元白长庆集》三十一卷

日本内阁文库藏，明末刊。卷十一所收。

⑩张之象撰《唐诗类苑》二百卷

日本内阁文库藏，万历二十九年（1601）序刊。卷六十三所收。

⑪松江马元调刊本《白氏长庆集》七十一卷

日本内阁文库藏，万历三十四年（1606）序刊。

⑫杨大鹤刊本《香山诗钞》二十卷

日本内阁文库藏，康熙四十年（1701）序刊。卷七所收。

⑬汪立名一隅草堂刊本《白香山诗集》四十卷

康熙四十二年（1703）刊。卷三所收。校注云："一作'子夜'。"

⑭《全唐诗》

79

康熙四十五年（1706）编。卷四二六所收。

（2）作"子夜"。

⑮《文苑英华》

卷三百三十三所收。

⑯卢文弨编《白氏文集校正》一卷

乾隆五十二年（1787）序刊。校注谓"梦见子^天夜^于"，而未示所据。

⑰《御选唐宋诗醇》

乾隆十五年（1750）刊（据《书目答问》）。卷三十所收。

⑱沈德潜编《唐诗别裁集》二十卷

乾隆二十八年（1763）教忠堂重刊本。卷八所收。

⑲俞汝昌增注《唐诗别裁集引典备注》二十卷

道光十六年（1836）序刊。卷八所收。

在对以上19例进行整理后便可发现，该诗与《贺雨诗》情况相同，在清初刊本《香山诗钞》和《白香山诗集》、《全唐诗》的文本中有着极大的变化。《文苑英华》作为改变文本的有力资料，在其中起到了干预作用。

以下，笔者想列举作为影印本得到公开的《全唐诗稿本》（台湾联经出版事业公司1976年版），以证明上述推测并明确提示其变化过程。

从周勋初的《叙〈全唐诗〉成书经过》（《文史》第8辑，中华书局，1980年）中可以得知，在辨明《全唐诗》的成书问题上，《全唐诗稿本》和《唐音统签》是具有划时代意义的资料。

关于钱谦益、季振宜递辑的《全唐诗稿本》的具体资料价值，屈万里、刘兆祐两位学者已在序文中进行了介绍。正如周勋初所推测的那样，若以一言概括该书价值，即通过这一稿本，《全唐诗》的编纂过程得以大白天下。

对于《全唐诗稿本》整体的看法，笔者将会另觅时机进行论述。而本文则会将视点聚焦于《贺雨诗》和《七德舞》两篇作品的文本上。

从《全唐诗稿本》中可以清楚看到，《文苑英华》的文本在两篇作品中得到了采用（需要补充的是，《七德舞》亦采用了《乐府诗集》本，而该书的文本与《文苑英华》一致）。

然而，《白香山诗集》的凡例中写道："最后又得憩闲堂所藏泰兴季侍御依宋刻手校本。"

正如平冈武夫先生在其论考中所指出的那样[1]，若该书凡例的作者季侍御确为季振宜，汪立名便在入手《全唐诗稿本》后，将其成果尽数纳入了《白香山诗集》中。《白香山诗集》和《全唐诗》几乎都在同一时期的康熙四十年（1701）前后编成，恐各自在不同的时机参照了《全唐诗稿本》这一相同资料。

若上述分析与事实一致，则至今所依版本不明的《白香山诗集》以及《全唐诗》的文本，依据的应当就是《文苑英华》。

（三）两诗篇中的异文妥当性

在中国的刊本中，《文苑英华》的成书较早。然而，成书较早并不意味着其拥有正确的文本。以下，笔者将对《文苑英华》文本的妥当性进行分析。

首先是《贺雨诗》。

关于该诗的解释，已有以下两名先学的成果供我们参考：一是神田喜一郎的《读白乐天诗记》[2]，二是岑仲勉的《〈文苑英华辨证〉校白氏

---

1 ［日］平冈武夫：《村本文庫蔵王校本白氏長慶集—宋刊本へのアプローチ—》，《東方学報》第45册，1973年。

2 ［日］神田喜一郎：《読白楽天詩記》，《東方学報》第15册，1946年。

诗文附按》[1]。

前者是神田喜一郎博士作为京都东方文化研究所的白氏文集校注班负责人时，为了展示校注范例而为《白氏文集》开篇的《贺雨诗》附上的校订解说。

后者是日军侵华时期，岑仲勉在湖南长沙、云南昆明和四川重庆、南溪等地躲避战乱时，顶着资料不全之苦而坚持写作，并于战后迅速发表的一篇有关《白氏文集》研究的精致考论。

上述两篇论文各自基于历史事实作了分析，认为该诗文本中的"责己"为"己责"之误。

据岑氏的自注记载，其在执笔当时，并不具备检索《文苑英华》的条件，因此仅凭《文苑英华辨证》进行考察。另外，神田博士亦未使用《文苑英华》作为校本。然而，神田氏却注意到了汪立名的《白香山诗集》，并为汪立名更改的异文辩护道："虽然不免稍有武断之嫌……但我认为应当从汪立名之说。"

以上两位学者依据的《文苑英华辨证》和《白香山诗集》所依据的版本背后皆有《文苑英华》的身影。

接下去，笔者将试对《七德舞》进行讨论。

"魏徵梦见子夜泣，张谨哀闻辰日哭"这两句应理解为对句。神田喜一郎博士着眼于该点而写下了以下跋文：

> 右草书白氏《新乐府》断简。现存《七德舞》一首，相传为源俊房真迹。书法遒媚，风神朗畅。至其波澜蔚跋之妙，浑然天成，殆乎突过唐贤。论者以为与藤原佐理、行成诸家把臂入林，未为浮

1　岑仲勉：《从金泽图录白集影页中所见》，《"中央研究院"历史语言研究所集刊》第12本，1948年。

也。千余年前，我邦公卿荐绅学书，皆师羲之。此卷凤翥鸾翔，俨其矩度，山阴去人不远矣。白诗字句，较诸今本，间有异同。"魏徵梦见子夜泣"，今本"子夜"作"天子"。然此句原与下句"张谨哀闻辰日哭"为偶对，则此卷之佳，显然可知。其余不必偻指，善读者自能辨焉。旧系阳明家藏，外匣题署乃其先家熙公所书。今归天府，金匮固镯，不许人窥。佐佐木^{信纲}博士慨然请官，见允景印，艺林瑰宝，始得传世。传士以豫滥竽兰台，乃命书其后云。昭和二年十月，平安神田信畅。

因在梦中与贤臣魏徵惜别，太宗于半夜号哭。太宗闻奏忠臣张谨讣告之日正值忌日，然其依旧恸哭。以上引用的两句描写出了一世英杰使臣下感动的人格特点。若将文本的"子夜"作"天子"，那么对句便会失去韵律，且诗意也会流于平淡。

以上虽为笔者的若干斟酌，但在总结分析后可以断定，两诗的文本在依据《文苑英华》本时，其解释也是正确的。

此外，被认为保留了唐抄本形式及原文的日本现存旧抄本文本中，也存在与该《文苑英华》本一致的文本。

太田次男、小林芳规均在论著中提出该说法。[1]

神田喜一郎博士除前述跋文以外，后来亦反复强调道："日本传存的《白氏文集》古本皆源自唐代旧帙，宋代以后的刊本终究无法企及其文本之佳，而这些古本能够为彼国通行的诸本提供的订正之处亦不胜枚

1　[日] 太田次男等：《神田本白氏文集の研究》，勉诚社1982年版；[日] 太田次男：《国立国会图书馆藏『文集抄』について》，《成田山仏教研究所纪要》第13号，1990年。

举。"[1]日本现存的旧抄本《文集》文本正与上述两篇白氏诗作的异文完全一致。

如上所述，在对许氏刊本《文粹》所载的两篇白氏诗作进行分析，并利用诸本对诗中的异文进行比较后可以发现，该书直接所依据的版本不仅不是明版、清版《（唐）文粹》诸本，亦非宋版、元版《文粹》，而是《文苑英华》。并且，其文本也无疑使用了正确的文字。此外，许氏《文粹》文本与日本现存的旧抄本《文集》一致的事实得到了确认，从而使该书的文献价值愈发珍贵。

通过以上考察，自然浮现于我们眼前的是一个复杂的成书过程。在《（唐）文粹》诸本中，唯独最后刊刻的许氏刊本拥有诸句异文的原因在于，该书仅与《文苑英华》一致。换言之，书中的两篇异文出自《文苑英华》而非《（唐）文粹》。

在此，若重新品读许氏刊本的《新校本文粹叙》便会发现，该书使用的校订诸本中，不仅存有别于《（唐）文粹》诸本系统的史书和别集，还有如叙文"更发文苑英华三复卒业"所述，《文苑英华》也应当是重要的校本之一。因此，从这一体系来看，许氏校本或可谓清朝新刊的《（唐）文粹》。该书作为《白氏文集》校订资料之一，使用了未明示文本改变的校本，而正如本书前文所述，有时文本的上乘质量也可能会突然招致混乱问题。

在以上结论之外，笔者还想谈一谈《文苑英华》与旧抄本《白氏文集》这两种文本的近似之处。关于这一点，和田浩平已有卓论。[2]该文整理了第二次世界大战后的相关研究成果，并对《长恨歌》进行了具体分析。因此，笔者在此不再赘述。

1　［日］小松茂美：《平安朝傳来の白氏文集と三蹟の研究》，墨水书房1965年版。

2　［日］和田浩平：《白氏文集における舊鈔本と刊本の間—総集文苑英華所収の長恨歌本文について—》，《白居易研究講座》第6卷，勉诚社1995年版。

〔附〕南宋（绍兴九年）刊《文粹》所收白氏诗文校勘记（谢思炜校，
例文据许氏刊本，括号内数字为花房博士编号）

（〇〇〇一）贺雨诗 一七下·五·背面

己责宽三农 宋本"己责"作"责己"

庶政靡不举 宋本"政"作"攻"

冠佩何锵锵 宋本"佩"作"珮"

（〇〇一〇）李都尉古剑 一八·一六·背面

有客借一观 宋本"借"作"惜"

（〇〇七二）续古诗十首 一四上·八·背面

三年不得书 宋本"得"作"附"

（〇〇七五）秦中吟十首 议婚 一六下·五·背面

题下注"一作贫家女" 宋本无

（〇〇七六）秦中吟十首 重赋

题下注"一作无名税" 宋本无

浚我以求宠 宋本"浚"作"役"

霰雪白纷纷 宋本"白"作"落"

并入鼻中辛 宋本"中"作"头"

号为羡余物 宋本"号"作"號"

（〇〇七七）秦中吟十首 伤宅

栋宇相连延 宋本"连延"作"勾连"

今作奉诚园 宋本"奉诚"作"凤城"

（〇〇七八）秦中吟十首 伤友

出门苦恓恓 宋本"恓恓"作"栖栖"

虽云志气高 宋本"高"作"在"

尔来云雨睽 宋本"尔"作"迩"

尾注"任公达黎逢"　宋本无

（○○八一）秦中吟十首　轻肥

尊罍溢九酝　宋本"尊"作"罇"

（○○八三）秦中吟十首　歌舞　一六下・七・背面

题下注"一作伤阌乡县囚"　宋本无

（○一二五）七德舞　一二・四・正面

魏徵梦见子夜泣　宋本"子夜"作"天子"

（○一三四）太行路　一二・一二・正面

题下注"借夫妇讽君臣之不终也"宋本无

君看金翠无颜色　宋本"金"作"珠"

右内史　宋本"内"作"纳"

（○一五八）阴山道　一二・一六・背面

五十疋缣易一疋　宋本两"疋"字作"匹"

咸安公主號可敦　宋本"號"作"号"

捧授金银与缣彩　宋本"授"作"受"

（○一六○）李夫人　一三・九・正面

题下注"鉴嬖惑也"　宋本无

又不见泰陵一掬泪　宋本"泰"作"秦"

（○五八○）浩歌行　一二・五・背面

朱颜日渐不如故　宋本"渐"作"夜"

命若不来知奈何　宋本"不"作"未"

（○五九四）画竹歌　一七上・七・背面

凡一百八十六字　宋本"字"作"言"

萧索尽得风烟情　宋本"索"作"飒"

（一四○九）泛渭赋　九・二・背面

予时泛舟于渭　宋本"予"作"于"

率充赋而西来　宋本"西"作"四"

每三句而两入　宋本"两"作"一"

发为春兮销六沴　宋本"销"作"消"

（一四二五）獏屏赞　二四·一〇·正面

遂为赞曰　宋本"曰"作"云"

（一四三一）无可奈何歌　一八·一三·正面

何尝不一去而一来　宋本"一去"作"十去"

（一四四四）哀二良文　三三下·五·正面

实先后之三年而民用康　宋本"三"作"十"

不免及身之祸天乎宋本"天""作"

（二九二六）故饶州刺史吴府君神道碑铭　五八·一一·背面

不忍见其饑寒　宋本"饑"作"飢"

名兢不可以怡神　宋本"兢"作"競"

汉中大夫东方曼倩　宋本"倩"作"蒨"

（一四五九）唐故通议大夫……张公神道碑铭　五八·十二·正面

授怀州获嘉令　宋本"令"字无

以不茹柔得人心以不吐刚得罪　宋本"得人心以"四字无

老幼攀泣而遮道者　宋本"泣"作"位"

天宝十三载正月　宋本"载"作"年"

以才位光于国　宋本"位"作"以"

据家状而铭之其词曰　宋本"曰"作"云"，"而"上有"序"字

（一四六二）唐抚州……上弘和尚石塔碑铭　六二·八·正面

始从舅氏薙落　宋本"薙"作"剃"

故坐甘露坛而誓众　宋本"坛"作"坏"

（一四六七）唐河南元府君夫人荥阳郑氏墓志铭　七〇·一·背面

有家牒在　宋本"牒"作"谍"

陆氏有舅姑多姻族　宋本"多"字无

既而诸子虽迭仕禄赐甚薄　宋本"赐"作"利"

推夫人之道移於他　宋本"推"作"惟"

積泣血号慕　宋本"号"作"孺"

（一四七二）庐山草堂记　七四・二・背面

其境胜绝又甲庐山　宋本"胜"作"汤"

有平台半平地　宋本"乎"作"平"

台南有方池倍乎台　宋本"池"作"也"，"乎"作"平"

修柯戛云　宋本"修柯"作"贅打"

萝茑叶蔓　宋本"茑叶"作"伤某"

垤塊杂木　宋本"塊"作"圮"

其喜山水病癖如此　宋本"癖"作"僻"

凡二十有二人　宋本"凡"下"二"字无

（一四七九）游大林寺序　九六・五・背面

沙门法演智满中坚　宋本"中"作"士"

三人姓名　宋本"姓名"作"名姓"

寂寥无继来者　宋本"寥"字无

（一四八八）与济法师书　八三・一一・背面

为妄分别析善恶法　宋本"析"作"坼"

又使众生没在罪苦矣　宋本"没"作"泥"

六入缘触触缘受受缘爱爱缘取取缘有　宋本作"六入缘触受触受
　缘受受缘取取缘有"

其於轮次转迁　宋本"轮"作"伦"

而十二缘中则行识色入触受想缘　宋本"想"作"相"

逆轮之又不同　宋本"轮"作"伦"

（一四九四）晋谥恭世子议　四一・一〇・正面

莫不微婉而发挥焉　宋本"挥"作"辉"

（二九一六）吴郡诗石记　七七·三·背面

　　时予始年十四五旅於二郡　宋本"於"字无

　　各咏一时之志　宋本"志"作"至"

（二九二一）沃州山禅院记　七六·六·正面

　　又有乾兴渊支遁　宋本"遁"作"道"

　　安居游观之外　宋本"居"作"展"

（二九二七）苏州重玄寺……石壁经之碑　六五·八·正面

　　金刚般若波罗密经凡九千二百　宋本"九"作"五"

　　般若波罗密多心经凡二百五十八言　宋本"八"作"七"

　　寺僧契元舍艺而书之　宋本"舍"作"捨"

　　后有人书贝叶上　　宋本"后"字无

　　假使有人刺血为墨　宋本"有"字无

（二九三九）唐故武昌军……元公墓志铭　六八·十四·正面

　　二十四试判入四等　宋本"试"作"调"

　　宠臣无奈何咸不快意　宋本"咸"作"或"

　　坐公专遑作威　宋本"遑"作"达"

　　赐紫金鱼袋　宋本"紫"字无

　　以补亡户遁租　宋本"亡户遁"三字无

　　遮道不可通　宋本"通"作"遍"

　　农人赖之无凶年　宋本"无凶年"三字无

　　嗟乎惜哉　宋本"嗟乎"作"惜哉"

（三六〇三）唐淮南节度……李公家庙碑铭　六〇·五·背面

　　七代祖续马头太守　宋本"马头"作"某郡"

　　前后凡三追命六告身　宋本"身"作"第"

　　及期襄事　宋本"襄"作"丧"

廉察浙右以分忧为功　宋本"功"作"切"

薰然太和　宋本"太"作"大"

梁楚千里风变化移　宋本"变"作"交"

（三六〇五）　画西方帧记　七六・四・背面

七宝严饰五采彰施　宋本"采"作"彩"

如我身老病者　宋本作"如老身病苦者"

三
白居易、白行简的幼名

白居易（字乐天）有三兄弟。长兄白幼文，三弟白行简，四弟白幼美。从目前的记录中可以得知，四弟白幼美在9岁时夭折，而他的幼名为"金刚奴"［《唐太原白氏殇墓志铭》（一四七〇）］。包括白居易在内，其他的兄弟也应该有幼名（小字，乳名），但也许因为过于日常，反而没有能够留下相关资料。以下两篇研究论文提出了新说法，称白居易的幼名为"阿连"，而白行简的幼名为"阿怜"：①王拾遗编著《白居易生活系年》（宁夏人民出版社1981年版）；②朱金城著《白居易研究》（陕西人民出版社1987年版）所引《读白居易诗札记（一）"阿连"与"阿怜"》。

王拾遗以《奉送三兄》（二四六八）、《将归渭村先寄舍弟》（三二三〇）、《和敏中洛下即事》（三五五二）三诗为资料，认为白居易的幼名为"阿连"；而朱金城则以《湖亭与行简宿》（一〇六八）、《梦行简》（三二九八）两首诗为根据，断定弟弟白行简的幼名为"阿怜"。笔者对其进行分析后发现，两篇论文中的论据部分存在着对作品本身的误读，并在资料本身的处理方法上存在问题。以下，笔者将借此机会再次列举上述两篇论文中引用的作品，并对白氏兄弟有无幼名这一问题进行讨论。

（一）白居易幼名"阿连"

以下，笔者将列举王拾遗所依据的3首诗（例文据那波本）。

（二四六八）奉送三兄

少年曾管二千兵	昼听笙歌夜研营
自反丘园头尽白	每逢旗鼓眼尤明
杭州暮醉连床卧	吴郡春游并马行
自愧阿连官职慢	只教兄作使君兄

（三二三〇）将归渭村先寄舍弟

一年年觉此身衰	一日日知前事非
咏月嘲花先要减	登山临水亦宜稀
子平嫁娶贫中毕	元亮田园醉里归
为报阿连寒食下	与吾酿酒扫柴扉

（三五五二）和敏中洛下即事

昨日池塘春草生	阿连新有好诗成
花园到处莺呼入	骏马游时客避行
水暖鱼多似南国	人稀尘少胜西京
洛中佳境应无限	若欲谙知问老兄

对于以上3首诗中三度出现的"阿连"一词，王拾遗认为："阿连乃居易自称，故知其为诗人之乳名。"但是这一观点存在两个问题：一是王氏将诗中出现的"阿连"皆看作白居易的自称；二是直接将"阿

连"与乳名（即幼名）挂钩。以下，笔者将略述己见。

对于《奉送三兄》一诗，花房英树推测其作于宝历元年（825）白居易赴任苏州刺史的途中。诗题的"三兄"虽然应指亲族中排行第三的长辈，但具体所指何人未详。从上下文来看，诗中的"阿连"确为自称，但直接将其与白居易的乳名挂钩，换而言之，将其直接看作是白居易的幼名，则存在逻辑上的跳跃。霍有明在《研究古代文学应弄清用典》中指出："则自称'阿连'，系对其'兄'而言，犹言'弟'也。"

正如霍氏所述，此处的"阿连"应当理解为面对长辈时，作为晚辈使用的自称。

接下去，笔者将对《将归渭村先寄舍弟》一诗进行讨论。此诗被认为作于太和九年（835），属白居易的迟暮之作。

由于白居易的弟弟白行简亡于宝历二年（826），诗题中的"舍弟"并非指行简。虽然不知具体所指何人，但总而言之，应当是指白居易亲族中的一位晚辈，并从以前便居于家乡的渭水。

霍有明将此诗与《奉送三兄》呼应道："则知'吾'自指，'阿连'指舍弟。"

如霍氏所言，该诗中的"阿连"并非自称，而应当将其看作代指"舍弟"的第二人称。

《和敏中洛下即事》被认为作于会昌元年（841），亦属白居易的迟暮之作。

出现于诗中的白敏中是当时的殿中侍御史分司，并在之后当上了宰相，是白氏一族中最为成功之人。诗篇开头的"昨日池塘春草生"一句因以下的逸闻而广为人知。

该逸闻说的是，六朝大诗人谢灵运在任永嘉刺史时，曾于永嘉西堂作诗而竟日不就。此时，他在"梦中"忽见一族的晚辈谢惠连，随即浮现出了"池塘生春草"这一名句。

此外，李白在脍炙人口的《春夜宴桃李园序》写道："……群季俊秀，皆为惠连。"他在这句周知的名文中，将自身比作谢灵运，将亲族的年轻人比作谢惠连。毋庸赘述，"阿连"的"阿"字为表示亲爱的前缀词。如此，《和敏中洛下即事》中的"阿连"明显指白氏一族中出类拔萃的晚辈白敏中，而非白居易的幼名。对此，朱金城说道："王（拾遗）氏所引的《奉送三兄》，诗中的'阿连'虽居易自称，但从诗题和诗意中可以看出，仍然是用惠连的典故。"此外，霍有明指出："白居易正用谢灵运嘉赏谢惠连的故事。"

如上所述，在诗中出现的3处"阿连"，皆以谢灵运、谢惠连的故事为据。在这一情况下，"阿连"在面对长辈使用时为第一人称，面对平辈或晚辈使用时为第二人称。二者皆带有"亲爱的弟弟"之意。

（二）白行简幼名"阿怜"

如上所述，面对王拾遗提出的新说，即乐天的幼名为"阿连"的说法，朱金城表示了反对，并在对以下列举的两首诗篇中出现的"阿怜"展开了细致分析后，提出弟弟行简的幼名才是"阿怜"的见解。

《湖亭与行简宿》（一○六八）、《梦行简》（三二九八）正是朱氏所举的两篇作品。需要指出的是，笔者在"阿连"考中使用的例文虽然皆根据那波本，但以下为了明确论点，两篇作品将依据朱金城自身在《读白居易诗札记（一）》中引用的文本。

（一○六八）湖亭与行简宿

浔阳少有风情客　招宿湖亭尽却回
水槛虚凉风月好[1]　夜深唯共阿怜来

1　原文"虚"作"卢"，恐为误植。

（三二九八）梦行简

天气妍和水色鲜　闲吟独步小桥边

池塘草绿无佳句　虚卧春窗梦阿怜

朱氏根据以上引用的两诗，展开了以下三点论述。

第一，南宋人计有功的《唐诗纪事》卷四十一中的"行简，小字阿怜"这一资料具有真实性。其原因在于，计有功为南宋初期人，因此使用了诸如宋版的高可信度的资料。

第二，"连"和"怜"在字形上相差颇大，应当不存在混淆的可能。

第三，虽然白居易在他的诗中使用"阿连"称呼其亲族，但仅对一人，即行简使用了"阿怜"。虽然在使用"阿连"的诗中，都结合了谢灵运、谢惠连的典故，但在该诗（《梦行简》）中使用的是"阿怜"而非"阿连"，因此前者是弟弟的小字，与典故无关。综上所述，不能将"阿连"与"阿怜"混淆。换言之，"阿连"是对于亲族中平辈或晚辈的称呼，而"阿怜"则是行简的幼名。

首先，笔者将从第三点开始进行分析。针对两诗中的"阿怜"二字，朱氏如此说道："宋本及其他各本两诗中均作'怜'，仅《全唐诗》在两诗后注云：'一作连'。"

暂且不论《全唐诗》的校注，诸刊本中的同处文字如下（〈朱〉为朱金城文本，〈宋〉为宋本，〈那〉为那波本，〈马〉为马元调本，〈汪〉为汪立名文本）：

	《湖亭与行简宿》	《梦行简》
〈朱〉	怜	怜
〈宋〉	怜	憐
〈那〉	怜	憐
〈马〉	憐	憐

〈汪〉　　怜 按阿怜行　　　　　连
　　　　　　　简小字也

《集韵·先韵》："憐，《说文》：'哀也。'或作怜。""怜，灵年切，音连。与憐同。"据此可知，刊本诸本中的"憐""怜"同音。

从上文中可知，两诗的"阿怜""阿憐"并非统一。针对旧抄本和刊本中的《湖亭与行简宿》中的"连"字，平冈武夫的校注中如此写道：

> 连　宋本、汪本作"怜"，丽本（笔者注：朝鲜活字本，整版本）同。马本、《全唐诗》本、《万首绝句》本作"憐"。俱误。今从金泽本。居易常称弟以谢惠连。《唐诗纪事》据此以阿怜为行简小字，汪立名从之，皆非是。

由于旧抄本作"阿连"，因此朱金城的这种说法不得不受到双重否定。

同时，属于旧抄本系统中的金泽文库本现存作品中没有《梦行简》，因此平冈氏校本中未见相关校注。然而，幸运的是，该作品收录于小野道风的真迹《三体白氏诗卷》中，因此可以确认旧抄本文本。其中，明确作"阿连"二字。[1]

综上所述，朱金城所指出的《湖亭与行简宿》《梦行简》中的"阿怜"，在旧抄本资料中皆作"阿连"。

从以上事例来看，朱氏的第二个观点虽然注意到了字形的差异，但却忽视了由同音而造成误刻的可能性。

1　[日] 神鹰德治：《白氏文集の旧钞本系本文　书迹资料について》，《白居易研究讲座》第6卷，勉诚社1995年版。

第二章　与旧抄本及刊本相关的考察

最后，笔者将对朱氏的第一个观点，即《唐诗纪事》的记载进行分析。计有功目睹的宋版《白氏文集》虽然作为文本拥有颇高可信度，然较之唐抄本已经历了多次更改，因此，恐未必能够成为有根据的资料。

若以上所举《湖亭与行简宿》《梦行简》两首诗中的"阿怜"得以确认原作"阿连"，那么《白氏文集》所收5首诗篇中出现5处的"阿连"皆可理解为结合谢灵运、谢惠连故事，而对亲爱的弟弟使用的称呼。因此，就目前而言，白居易、白行简的幼名依旧未详。

（三）附记

关于"连""憐""怜"的同音关系，笔者参照了李珍华、周长楫编纂《汉字古今音表（修订本）》（中华书局1999年版）。此外，文中所引作品编号参照花房英树所收《综合作品表》。[1]

四
和书所载汉籍文本——以《文集百首》为中心

日本中世的大诗人藤原定家在古籍书写、校勘等学术领域留下了巨大的业绩。定家明言道："《白氏文集》（日语读音为'はくしぶんしゅう'）第一、第二帙，常可握玩"（《咏歌大概》）[2]，"《白氏文集》的

---

1 ［日］花房英树：《白氏文集の批判的研究》，中村印刷出版部1960年版。

2 虽然《白氏文集》一般读为"はくしもんじゅう"，但"はくし"为汉音，"もんじゅう"为吴音，因此这一读法存在历史性矛盾。据笔者调查考证的结果，明治二十年代以前，《文集》被读作"ぶんしゅう"而非"もんじゅう"。详见［日］神鹰德治：《『文集』は〈もんじゅう〉か〈ぶんしゅう〉か》，《東書国語》（1988年12月—1989年1月）；［日］神鹰德治：《再論『文集』は〈もんじゅう〉か〈ぶんしゅう〉か》，《岡村貞雄博士古稀記念中国学論集》，白帝社1999年版。

第一、第二帙中（常）写有重要的信息"（《每月抄》）[1]。如上所示，定家也是《白氏文集》的爱读者。对于像笔者这样专攻中国古典文献学的人来说，定家使用了何种文本令人饶有兴趣。当时，其能够入手的文本被认为有两种，一是旧抄本系统，一是宋刊本系统。笔者此前已就有名的《源氏物语》注解书《奥入》进行了讨论。结果显示，该书中所载的包括《白氏文集》在内的汉籍文本，无一例外属于旧抄本系统，而并无可能来自宋刊本系统。此外，虽然其大半有残缺，但皆属于吉光片羽的珍贵资料。

其后，定家、慈圆（1155—1225）、寂身（生卒年不详）以《白氏文集》中的佳句为题，创作了《文集百首》。通过该书，人们得以知晓白氏留下的作品。《文集百首》的作品还被收入他们各自的别集中，且他们在各自作品前配上了《白氏文集》的佳句。以下，笔者将根据佐藤恒雄的大作《藤原定家研究》所收《文集百首诗句题关联资料》，对《文集百首》所收的《白氏文集》文本系统稍加分析。而在此之前，笔者想首先试对作为区分文本系统方法的"旧抄本"与"宋刊本"的相关用语的看法进行整理。

（一）"旧抄本"的成立

日本存有被称为旧抄本的写本群资料，其源头出自唐抄本（抄本指作品在刊本化之前，以手抄形式流传的文本。"抄""钞"相通）。在奈良、平安（前期）时代，遣唐使和留学僧等将唐抄本带至日本，而上述写本群资料便是以这些唐抄本为直接底本而在日本抄下的。为了将其与传抄后世刊本的写本加以区分，上述抄本便被称为旧抄本。日本金泽文库旧藏的《文选集注》和《白氏文集》便是广为人知的旧抄本。若将这

1　［日］久松潜一等：《日本古典文学大系65　歌论集》，岩波书店1961年版。

些旧抄本资料和以宋刊本为代表的诸刊本进行比较便可知，前者由于未经印刷校订，因此免受刊本中可见的肆意修改，并被认为是保留了与原本极为接近的构造和文本的珍贵资料。对此，笔者将会在后文中进行详细的介绍。此外，即便其书写时期较之原本大为靠后，但出于日本对中国文化的尊重，就算可能会出现无意的笔误或伴随书写过程而出现的失误，旧抄本中的文字还是被认为不存在刻意窜改的问题。

通过前文考察可以得知，虽然《管见记》纸背《文集》的书写时期应当介于镰仓末期至室町初期左右，但其文本应当属于旧抄本系统《白氏文集》资料中的一员。

前文通过对作为和书的《秘府略》纸背、《千载佳句》所引内容与中国刊本《文苑英华》所载文本的相互比较，发现了《秘府略》纸背所载白氏诗篇属于旧抄本系统。

(二)"宋刊本"的成立

如前所述，现行的汉籍文本来自宋版。宋版以其直接继承自唐抄本，并以拥有艺术性的精美刻字而成为值得信赖的文本，且受到很高的评价。然而，尤其在第二次世界大战后，通过对日本现存旧抄本资料与宋版诸本的比较，宋版诸本的文本中被发现存在超乎预料的大量修改。宋版《白氏文集》的文本中存在修改的详细事实得到了确认。

据刻工名推定，如今接近于完本的宋版《白氏长庆集》刊行于南宋初期的绍兴年间（1131—1162）（《中国版刻图录》解说）。然而在现存诸刊本中，那波本《白氏文集》虽然在远为靠后的日本元和四年

（1618）刊行[1]，但作品顺序却保持了原来的编次，并且还保留了宋版的文本，是稍显复杂的资料。因而，笔者决定对此略述己见。

藤原道长的《御堂关日记》在宽弘七年（1010）11月28日和长和二年（1013）9月14日两条记录中提到了"折本（日语读为'すりほん'）文集"，从中可知《白氏文集》的北宋刊本确实存在。由于上述两条记录的写作年份相当于北宋前期的宋真宗年间，因此可以确认北宋前期版《白氏文集》的存在。然而，目前该北宋版在中日两国仍旧下落不明。那么，北宋版的《白氏文集》受到关注的原因何在？根据南宋以后的各类资料显示，该书诗文的编次几乎完全照搬了白氏亲自编辑的唐抄本原貌。换言之，原本的诗文编次为"前集、后集、续后集"，而南宋后的诸刊本则大多是"前诗、后文（前半部分为诗篇，后半部分为文章）"的新编次。此外，后者的诸刊本被认为对原书的文本进行了大幅改变。

在中国本土，沿袭了旧编次（前集、后集、续后集）的书最终还是在明代以后消失，而如今还保留着这种编次的便是那波本《白氏文集》。然而，笔者在重新分析了日本文学研究者对那波本《白氏文集》的看法后，发现其中存在一些稍显混乱的理解。那波本《白氏文集》出自朝鲜刊本（直接以铜活字本为底本），而正如花房英树所指出的那样，朝鲜铜活字本的直接底本应当源自南宋中期的蜀本。[2]但是，该书却是"前集、后集、续后集"编次。因此，那波本文本亦似乎属于北宋

---

1 至今为止，朝鲜整版本一直被认为是那波道圆刊《白氏文集》的直接底本。然而，藤本幸夫在《朝鲜版『白氏文集』攷》（《白居易研究讲座》第6卷，勉诚社1995年版）中指出，该书的底本为活字本。关于《白氏文集》与《白氏长庆集》二书为同书异名之说，详见［日］神田喜一郎：《中国詩学概說》，临川书店1982年版。

2 ［日］花房英树：《白氏文集の批判的研究》，中村印刷出版部1960年版。

版。虽然那波本《白氏文集》作为全集刊本，确实保留了旧编次，并且收有其他版本（前诗、后文）中未见的诗文，但若将其文本与旧抄本系统的诸本或绍兴本进行对校便可发现，整体上那波本和绍兴本十分接近。若进一步对其细处进行比较便可推断，那波本文本的出现恐在绍兴本之后。如果从这一角度对那波本在诸刊本中的定位加以分析，便可以更明确地判断，那波本的文本属于南宋本系统。在此，笔者想要强调的是，那波本系统的文本（朝鲜铜活字本及其整版本）的诗文编次虽然的确为旧编次，但其文本应当属于后来受到修改的南宋版系统。

如上所述，在将那波本《白氏文集》与旧抄本系统以及宋刊本系统文本进行比较、校勘时，应将那波本在诸本中的定位置于南宋中期，从而明确呈现出诸本间的文本变化情况。

（三）文本的考察

定家的《拾遗愚草员外杂歌》所收《文集百首》序文中写道："或上人曾以《白氏文集》之题作和歌。因受劝结缘，而在老后聊缀闲话数言。"

如上文所述，在或上人（慈圆）的提议下，慈圆、定家、寂身应当使用了同一句题作诗，然而佐藤恒雄指出："三人所使用的句题并非全部一致。单是作品中出现一句以上的文字差异的例子就高达19个。"但是，由于大半诗作均使用同一句题，笔者将暂且以上述资料所收的最初提案者的《慈圆百首句题》（祐德本《文集句题》）的文本为底本展开考察。

《文集百首》收录了来自《白氏文集》的五言诗103句和七言诗88句，共191句。其中《长恨歌》有7句，分别是第31首中的两句，第52首中的两句，第53、第54和第55首各一句。以下，笔者将以《长恨歌》为例，试对旧抄本系统和宋本系统中的代表性文本进行比较。

1. 旧抄本系统文本

金　日本金泽文库旧藏本（日本大东急记念文库藏，勉诚社影印本）

神　神田喜一郎博士藏本（三条西公正旧藏）[1]

2. 宋本系统文本

宋　《白氏长庆集》（北京图书馆藏，文学古籍刊行社影印本）南宋绍兴年间刊本

那　那波道圆刊〔（日本元和四年）（1618）《白氏文集》（日本阳明文库藏，同朋舍影印本）

〈文集百首〉	〈金〉	〈神〉	〈宋〉	〈那〉
（31）a 迟迟钟漏初长夜	○●	○●	○鼓	○鼓
b 耿耿星河欲曙天	同	同	同	同
（52）a 夕殿萤飞思悄然	同	同	同	同
b 秋灯挑尽未能眠	○●	○●	孤成	孤成
（53）行宫见月伤心色	同	同	同	同
（54）夜雨闻猿断肠声	●	●	铃	铃
（55）旧枕故衾谁与共	同	同	翡翠衾寒	翡翠衾寒

如上所示，虽然4种资料完全一致的例文确实存在，但我们可以发现，如（31）a、（52）b、（54）、（55）的例文所示，旧抄本系统与宋本系统的文本明显相异。

特别是（55）中的例文"旧枕故衾"作为旧抄本系统文本，在《源氏物语》的《葵》卷中的"ふるき枕ふるき衾たれとともにかとある

1　三条西公正的《古写本長恨歌について》（《文学》第6号，1934年）中有翻字。太田次男的《長恨歌伝・長恨歌の本文について》中有其影印和翻字。

（旧枕故衾谁与共）"一文中被作为加点的典故明示而广为人知。[1]

源伊行的《源氏释》和定家的《奥入》也正是引用了该"旧枕故衾"的典故。据此可以推测，慈圆和定家都持有共通的文本，即属于旧抄本系统的《白氏文集》。然而，当时日本并非完全没有宋刊本的存在。从唯一现存的《白氏长庆集》完本的刻工名来判断，其刊行时期当在绍兴年间，同时，从定家的活跃期及其地位等方面进行考虑的话，他无疑存在目睹南宋版的可能，并不排除看过北宋版。但是，当时在日本入手宋版等刊本的难度被称为"胜得万户侯"［藤原赖长（1120—1156）《台记》康治二年（1143）7月21日条］。因此，对上流缙绅来说，获得相关著作的难度颇高。这便造成了"宋版书一如既往属于珍本，仅在部分上流人士之间，作为一种财宝受到秘藏而已"[2]。定家和慈圆实际上使用的《白氏文集》很可能并非印刷的刊本，而是来自唐抄本的旧抄本系统写本。

如上所述，通过判断《文集百首》的句题《长恨歌》文本属于旧抄本系统文本，可以推测其他诗句亦或属于旧抄本系统。以下，笔者将针对《郡亭》和《池上逐凉》（二首其一）两首诗做一些考证。

与和书所载《白氏文集》的比较：

《郡亭》（卷八·〇三五八）一诗中有以下诗句："山林太寂寞，朝阙苦喧烦。唯兹郡阁内，嚣静得中间。"

若列举绍兴刊本、那波本中的相同4句，其结果是："山林太寂寞，朝阙空喧烦。唯兹郡阁内，嚣静得中间。"

1　详见［日］丸山キヨ子：《源氏物語と白氏文集》，东京女子大学学会1964年版。藤源伊行的《源氏释》大概是现存的《源氏物语》注释书中最早引用作"旧枕故衾"的。

2　太田次男在《白詩受容を繞る諸問題》一文中的指摘，说明了在日本国内与中国相异的《白氏文集》流传实情。

如上所示，仅"空"字一处产生了差异。该诗为白居易在杭州的郡亭内闲坐时，兴起而作。白氏在诗中感叹山中太过寂寞，但身居朝廷又过于纷扰，而这一郡亭却正处于二者之间，恰到好处。

"山林太寂寞"与"朝阙空喧烦"为对句，若要与"太"字对应，表示程度很深的"苦"字要比"空"字更为合适。此处令人想起了《长恨歌》，其中的"春宵苦短日高起"的"苦"字与上文"苦"字的用法相同。此外，据最近刊行的日本金泽文库旧藏《白氏文集》影印本内容所示，此处正作"朝阙苦喧烦"。

池上逐凉（三二六四）中有以下诗句："青苔地上消残雨，绿树阴前逐晚凉。"

此二句在绍兴刊本（卷三十三）、那波本（卷六十六）中作："青苔地上销残暑，绿树阴前逐晚凉。"[1]

若对和书《千载佳句》、《和汉朗咏集》进行调查[2]，可以得到如下结论：《千载佳句》作"青苔地上销残雨，绿树阴前逐晚凉"，而《和汉朗咏集》作"青苔地上消残雨，绿树阴前逐晚凉"。

---

1 关于"消残雨"的"消"字，虽有文本作"销"字，但此处笔者主要分析的是"残雨"和"残暑"的差异。

2 《千载佳句》的文本使用了金子彦二郎校本（培风馆1943年版）。《和汉朗咏集》使用了堀部正二编著、片桐洋一补的《校異和漢朗詠集》（大学堂书店1981年版）。

宋刊本"残雨"作"残暑"，与上述二书相异。然而，新发现的旧抄本《白氏文集》（卷六十六）资料中的同句作："青苔地上销残雨，绿树阴前逐晚凉。"[1]

以上对比显示，《文集百首》所载"残雨"一词与属于旧抄本系统文本的《白氏文集》《千载佳句》《和汉朗咏集》相一致。

从以上例子亦可见，《文集百首》所载诗篇理应属于旧抄本系统文本。

丸山キヨ子在其考论中如此说道[2]：

《白氏文集》中存在着如上所述的诸多文本。从中可以明显看出在中国经历改朝换代后而传入日本的痕迹。直到平安朝末期为止，其作品中应当不存在与朝鲜本之后的文本并存的情况。在那之后出现的文本差异则是由于传入日本的文本存在差异所造成的，而几乎没有在日本发生改变的痕迹。我们应对其中所反映出的日本人在接受中国文化时的态度

1 详见［日］静永健：《東京國立博物館蔵古筆殘卷『白氏文集卷六十六』残卷の本文について》，第198回中国文艺座谈会资料。此外，该资料的全文书影收录于《東京国立博物館図書目録 日本書跡篇（和様Ⅰ）》（1989年）。1989年，笔者与静永氏一同前往博物馆调查了该资料，并再次确认其属于旧抄本《白氏文集》。另外，三木雅博在《雨後の爽涼—白氏文集詩句の改変と新しい自然詠の誕生—》（《平安詩歌の展開と中国文学》，和泉书院1999年版）一文中，对于此句的意见与笔者之私见相反。三木氏认为，那波本和宋刊本的文字正是白氏诗篇本来的文字，而和书所载的白氏诗篇的文字则受到了平安时代日本诗人的更改。

2 详见［日］丸山キヨ子：《源氏物語と白氏文集》，东京女子大学学会1964年版。丸山博士在该文集的追记中，不仅列举了《源氏物语》所收《长恨歌》文本的差异，还引用了两个例子来证明该书作者试图还原其依据的文集。其中提到看见东侧廊檐近处盛开的红梅芬芳可爱，对此，《河海抄》的注解列举了以下二句："春风北户千茎竹，晓日东檐一树花。"而现行文集（笔者注：指宋版等刊本）的同二句作："春风北户千茎竹，晚日东园一树花。"从诗作的角度来看，"东檐"二字更为合适，因此笔者正在努力寻找有"东檐"二字的文本。事实上，与以上引用中加点一句相同的文本确实存在。《千载佳句》之《春兴一》中有"春风北户千茎竹，晓日东檐一树花"二句，其下有"白／北亭招客"5字。

予以注意。这与日本人将汉文消化为和文时不同，在保持诗作形态的前提下，就会忠于原本。

　　根据丸山博士的观点及以上拙论，白氏的作品即便在传抄时有可能发生无意识下的误写、脱字，但绝无可能发生有意图的更改。因此，平安、镰仓时期编纂的和书中引用的白氏诗篇文本有可能保留着在印刷术普及前的文本，而这也不得不说是《白氏文集》校勘学上的一种珍贵资料。笔者正考虑从这一视点出发，对平安、镰仓时期的和书中所引用的《白氏文集》文本进行再次分析。

第三章
以刊本为中心的考察

一

明版诸本

若要列举日本真正意义上的有关《白氏文集》校订的先驱性资料，就不得不提到铃木虎雄的《白乐天新乐府校勘记》和小尾郊一的《白氏文集传本考》。虽然在明版诸本中，除了松江的马元调校刊本（以下略称"马本"）以外，皆可通过目录等文献得知其书名及存在，但铃木、小尾两人的文章中都未使用这些本子，并记作"未见"。

通过1960年刊行的花房英树的著作以及1961年出版的北京图书馆编《中国版刻图录》，人们得以借由书影确认马本以外的明版存在。

花房博士的书中分别收录了郭武定刊本《白乐天文集》（但为写本）和伍忠光刊、钱应龙后印本《白氏文集》的一页书影，而《中国版刻图录》则分别收录了郭武定刊本《白乐天文集》以及华坚兰雪堂铜活字本《白氏长庆集》的一页书影。借此，人们得以管窥诸书的内容形态。

然而，以上三书即便在中国也属稀有（朱金城的著作《白居易集笺校》亦未使用），日本虽有一部分书志学专家对此有所了解，但对于一般的《白氏文集》研究者而言，也绝非熟知的文本。

傅增湘订补的《郘亭知见传本书目》全集本中，著录了5部明版白集。但依笔者所见的目录来看，传本的数量最多。以下，笔者将结合文本系统，围绕日本所藏本进行若干解说与介绍。

需要指出的是，若花房英树的著作中所载明版诸本的解说已言及相关内容，笔者则会为了避免重复而省略其大部分内容。

（一）关于5部明版

1.《白氏长庆集》，七十一卷，明正德八年（1513）刊

锡山华坚兰雪堂铜活字本。左右双边有界8行，小字双行16字，白口，版心上部印有"兰雪堂"。

日本大仓文化财团所藏[1]，二十四册。日本鹤见大学图书馆藏，二十四册。

由于大仓本卷末缺少后序，因此该书刊年不明。而北京图书馆藏本后序中刻有"正德癸酉岁锡山兰雪堂华坚活字铜板行"一行文字（《中国版刻图录》目录第98页）；《台湾"中央图书馆"善本书目》（三）中亦著录有同版本，并记载道："明正德癸酉（八年）锡山华氏兰雪堂铜活字本。"因此，大仓本可被认为刊行于正德八年（1813）。鹤见大学本为后修本，《白氏长庆集序》（3页）以及卷末陶谷后序《龙门重修白乐天影堂记》（3页）的部分为木刻版。此外，该书中亦未见明正德癸酉刊记。

（1）关于文本。

属于铜活字本的该书虽为明刊本，但据推测，该书所据底本为宋本，而四部丛刊本《白氏文集》（那波本）卷三十一的阙文便是依据该

---

1 ［日］阿部隆一：《阿部隆一遗稿集》第4卷，汲古书院1990年版。

书所补。

以下，笔者将会在卷三十一之外，再试举二例。

《酬元九对新裁竹有怀见寄》（〇〇二七）中有以下诗句："昔我十年前，与君始相识。曾将秋竹竿，比君孤且直。中心一以合，外事纷无极。共保秋竹心，风雪侵不得。"附有圆圈的20字在绍兴本、那波本中有，而在伍忠光本、马本中无。

《答桐花》（〇一〇三）中有以下诗句："…隐映斧藻屏。为君布绿阴，当暑荫轩楹。况况缘满池，桃李不敢争。为君发清韵。"附有圆圈的20字在绍兴本、那波本中有，而在伍忠光本、马本中无。

从以上二例亦可看出，兰雪堂刊本虽为明版，但其文本的系统与宋本系统的刊本极为接近。

（2）关于宋讳。

在绍兴本中出现的为避宋帝讳的缺字（以小字注出）[1]，在本书中有的直接作空格处理。

《策林·十六议祥瑞辨妖灾》（二〇三三）中有两处，绍兴本作："何则桑犯御嫌名之妖""飞雉犯御嫌名于鼎"。前者处本为高宗嫌名的"穀"[2]，后者处本为犯哲宗嫌名的"雏"，但与宋版并无关系的明版铜活字本却在"犯御嫌名"处皆作空格处理。对此，我们应当作何理解？由于笔者并未对全书的避讳和空格处进行精细调查，所以无法下定论。然而，可以推测该书在活字本刊行之际，将宋本作为底本，并在校订时也只是将文本中的避讳处换成了空格，而并未进行大幅度修改。如此一来，《酬元九对新裁竹有怀见寄》《答桐花》两首诗的例文与宋版一致的理由便能够为人所信服。

1　关于宋代避讳字，详见《宋代避諱字表略》（［日］静嘉堂文库：《静嘉堂文庫宋元版図録》，汲古书院1992年版）。

2　嫌名，指文本中有时出现与帝讳发音相似的文字时，因避讳而不使用该文字。

2.《白乐天诗集》，四十卷，郭勋编，明正德十二年（1517）序刊

四周双边，有界，10行20字，版心写有"白乐天诗集卷之几"，粗黑口。

日本东京都立中央图书馆所藏，八册。

3.《白乐天文集》，三十五卷，年谱一卷，郭勋编，明正德十四年（1519）序刊

四周双边，有界，9行20字，版心写有"白乐天文集卷之几"，白口。

日本宫城县立图书馆所藏[1]，八册。

以上《诗集》和《文集》为明代勋臣武定侯郭英六世孙郭勋将白氏"诗""文"分别刊行之物。《四库提要》（《白香山诗集》一项）中写道："旧有明武定侯家刻本。今亦罕见。"正如《提要》所述，《四库全书》编纂当时，上述二书已属珍本。即便时至今日，也仅知《文集》由北京图书馆和宫城县立图书馆各藏一部，而《诗集》则仅在东京都立中央图书馆藏有一部。

对于《文集》文本的特征及意义，花房英树、平冈武夫曾据金子彦二郎旧藏的精写本作过解说。如今，笔者已得见《诗集》与《文集》的完本，因此将在下文中试补以私见。

王赞在《新刊白乐天文集序》中写道：郭勋从其亡父郭良（号宾竹）的藏书中取出了《白氏文集》，并将其重编后于正德十四年（1519）刊行。

然而，据《诗集》中附载的陈金所作《白乐天诗集序》记载，该书的底本并非郭勋亡父的藏书。在陈金作为两广总督赴任时，部下入

1　宫城县图书馆：《宫城縣图书馆汉籍分類目录》，大空社1985年版。其中虽写有"卷二十五第一叶阙"，然为误。该书虽有错页，即第二十五卷第1页与第2页的次序颠倒，但并未有遗漏。

手了此书，而上司郭勋见其书后对此大为赞叹，认为该书是受父亲之命搜索30年来的《白氏文集》善本，并在收到陈金转让的该书之后，首先刊行了《诗集》。据陈金序文记载，该书曾一度为其所藏。由于提到了底本的旧藏者，所以陈金的序文应当与事实接近。暂且不论底本旧藏者为何人，通过此处陈金的序文可知，《文集》《诗集》本源自同一文本。此外，虽然上述两篇序文中未有明确记载，但据后述的陈振孙《直斋书录解题》的著录，《文集》和《诗集》所据文本为所谓的苏本。

（1）关于文本。

笔者以分析兰雪堂铜活字本时所列举的《酬元九对新裁竹有怀见寄》一诗为例，对郭本、绍兴本、那波本和兰雪堂本进行比较后发现，这4种书的内容完全一致。

《答桐花》一诗的"为君布绿阴，当暑荫轩楹"两句，兰雪堂本作"繁阴分锁闼，敷秀当轩楹"，与其他任何文本皆异。

此外，笔者以卢文弨的《白氏文集校正》为线索，将郭本与诸本进行比较后发现，作为明代前期刊行的该本比起代表后期明版的马本，要更为接近属于宋本系统的绍兴本和那波本，这点也与兰雪堂本相同。

（2）关于宋讳。

分析兰雪堂本时提到的空格处，在郭本《文集》中被覆刻上了原来的宋讳。在《策林》的文本中也残存着诸多相同的宋讳。此外，《诗集》中虽然数量不多，但也可以确认有两处宋讳存在，分别在《别舍弟后月夜》（〇四一一）、《和微之诗·和晨霞》（二二五〇）两首诗中。前者（卷九的第3页正面）为："悄悄初别后，去住两盘桓渊圣名讳。"后者（卷十九的第1页背面）为："左命大迦叶，右召渊圣御名菩提因。"

虽然上述二处沿袭了宋本避讳的形式，但前者既已刻出"桓"字，则"渊圣名"为衍字，后者的"渊圣御名"下的"菩"字亦为衍字。二处虽皆为校订失误，但无疑反映出本书所使用的底本应为宋本。

（3）关于年谱。

《文集》卷三十六为白居易的年谱。这也正是陈振孙在《直斋书录解题》中提到的苏本附载的《白文公年谱》[1]。

以该年谱为据，《诗集》《文集》直接参考的底本有可能是所谓的苏本。

在现存的宋本中，虽然唯有绍兴本是已知的完本，但据目录等资料来看，宋代存在着多个文本。此外，根据笔者曾报告的《策林》文本的诸本校异表来看，虽然兰雪堂铜活字本和郭武定本（《文集》）的文本比起伍忠光本和马本，更加无限接近于绍兴本，但其中也存有未和绍兴本完全一致的内容。

综上所述，虽然郭本为明版，但从整体上看，其与兰雪堂铜活字本同属宋本系统的文本。或许通过某些方法甚至能够复原失传的宋本，因此其价值可谓珍贵。

4.《白氏文集》，七十一卷，伍忠光龙池堂明嘉靖十七年（1538）刊

左边双边，有界，12行2字，版心写有"白集×"，白口。

宫内厅书陵部藏，十册（未见）。蓬左文库藏，十册。

此外，钱应龙本也与马本同属在清代颇有分量的文本。而伍忠光刊本中的元稹《白氏长庆集序》末尾附刻的"嘉靖戊戌春王月既望吴郡晚学伍忠光校刻于龙池草堂"在钱应龙本中被删除，卷七十一末尾则加上了"封奉政大夫吏部考功郎中姑苏钱应龙锓梓"的刊记。因此，钱应龙本可以认为是伍忠光刊本的后印本。

对此，《北京图书馆古籍善本书目》中著录道："明嘉靖十七年伍忠

1　[日] 近藤光男：《四库全書総目提要唐詩集の研究》，研文出版1984年版。

光龙池草堂刻，钱应龙重修。"

日本东洋文库虽藏有该书的完本，但同文库的"集部"汉籍目录中仅如下记载："《白氏长庆集》七十一卷，唐白居易撰，明刊本。二〇。"[1]

如上所示，目录并未对版本及刊印的区别加以明记。虽然花房英树的著作中已经指出，伍忠光本和钱应龙本的关系为原本和后印本，但笔者偶尔也会读到将钱应龙本视为伍忠光本别版的记述。因此，特意借此机会进行补充再论。

对于宫内厅本，神田喜一郎博士以"抚刻颇精"来评价其印刷，但该书文本的脱字、脱文随处可见，在与上述的兰雪堂、郭武定二本相比之下，该书显示出了相当大的落差。此外，从该书的脱句、脱文与马本存在多数一致的情况来看，该书极有可能为马本的底本。而该书亦属于《白居易集笺校》未使用本之一。

5.《白氏长庆集》，七十一卷，马元调明万历三十四年（1606）序刊

左右双边，有界，10行21字，版心有"白氏卷之×"。

日本宫内厅书陵部藏，二十四册，未见。日本内阁文库藏，十二册。日本静嘉堂文库藏，二十三册。日本东洋文库藏，二十五册。

该书的文本在明版诸本中虽甚为低劣，但在那波本、绍兴本等宋本系统文本通过影印公之于世之前，却是中国乃至日本最为通行的文本。

即便时至今日，该书依然被朱金城的著作《白居易集笺校》作为底本。在白氏校勘学上，该书作为重要文本之一的事实应当不会随着时间

---

1 東洋学文献センター連絡協議会：《漢籍分類目録　集部　東洋文庫之部》，东洋文庫1967年版。

的推移而改变。然而，随着长时间、广范围的流传，该书除了原刻本之外，应该还存在受到部分修补或全面覆刻的种种版本，但是目前并未出现对其刊、印、修、覆进行区分的调查报告。需要补充的是，于日本明历三年（1657）刊行的《白氏长庆集》为本书的覆刻本。

值得一提的是，由于该书原是与《元氏长庆集》的合刻本，因此有时在目录的集部中被编入"总集"而非"别集"。在这种情况下，《元氏长庆集》便会存在鱼乐轩藏板、宝俭堂藏板两种封面。

需要补充的是，据笔者管见，分别拥有以上两种封面的书藏于日本东洋文库。

王重民就以上两书的关系作了说明。[1]他列举了《白氏长庆集》"凡例"末尾的"鱼乐轩藏板"一行，并认为"鱼乐轩"恐为马元调之号，而拥有"宝俭堂藏板"封面的《元氏长庆集》则是后修本。对此，他以"殆刷印时，版片已易主矣"为由，推测在鱼乐轩的版片开板不久便因某种原因而转让给了号为"宝俭堂"的人物。事实上，笔者最近发现了一些资料能够推测出王氏口中的"某种原因"。

这一资料便是张慧剑的《明清江苏文人年表》[2]。张氏引用了诸多资料，并对马氏的壮烈之死叙述道："嘉定马元调参与抗清军事，协守东门，城陷被杀，年七十八。"

从以上记述来看，合刻本《元白长庆集》的刊行者马元调当以明朝遗臣的身份抗击清朝并战死。当时负责出版的相关人士或为躲避官府的审查而改变了书封面的文字，以使其流传后世。

1　王重民：《中国善本书提要》，上海古籍出版社1983年版。

2　张慧剑：《明清江苏文人年表》，上海古籍出版社1986年版。

（二）马本的新视点

姑且不论以上略述的马本情况是否属实，马本文本原来的价值在全集诸本中最为低劣的事实看来毋庸置疑。然则，人们是否无法从马本中获得其作为流通本以外的价值呢？答案是否定的。被人们作为校本阅读的马本并非一无是处。由于马本被作为最容易进行注记的文本而使用，所以该书中时常可见明清两代的读书人写下的与善本的校异。而且，马本书中的注记不仅有与现存的宋本系统文本一致的内容，偶尔还存在仅在该书中可见的珍贵文字。

日本京都大学人文科学研究所村本文库藏王德修校本《白氏长庆集》便是其中一本。

平冈武夫对该书作了如下介绍："该书与影印宋本的文本属于不同的系统。除了个别例子之外，该书较影印本更为接近作品的原貌。影印本即为绍兴刊本，所据底本恐为王德修校本或北宋本。"[1]

诚如平冈氏所述，正由于马本本身属于平凡的通行本，反倒使该书具备了容易注记的优点。若从今日的校勘学立场进行分析，该书的注记中有可能保留着现行诸本中没有的文字。因此，马本将作为具有全新价值的文本而再次登场。《北京图书馆古籍善本目录》和《台湾"中央图书馆"善本书目》中各录有马本一本，前者为傅增湘校本，后者则注有"朱墨批校"4字。至今为止，两书的注记乃至校异完全未受关注。从这一点来看，亦有必要对马本诸本进行重新探讨。

---

1 ［日］平冈武夫：《村本文庫藏王校本白氏長慶集—宋刊本へのアプローチ—》，《東方学報》第45册，1973年。

二

中国台湾"中央图书馆"藏影抄明刊本《白氏策林》

中唐文人兼官僚的白居易在《白氏集后记》中，对其最后编辑的七十五卷本的成书过程进行了介绍，并亲自指定了5种定本[1]。接着，他又写道：

> 其日本、新罗诸国及两京人家传写者，不在此记。又有元白唱和因继集共十七卷、刘白唱和集五卷、洛下游赏宴集十卷，其文尽在大集内录出，别行於时。若集内无而假名流传者，皆谬为耳。

白氏在文中明确表示，对于那些已经流传于民间或海外的单行本形态作品群，身为作家的自己将很难对此负责。

众所周知，白居易的诗文在其在世时便广受四方欢迎。然而，诗圣杜甫在唐代却只受到了一部分有识之士的赞誉。就这一点而言，白氏比杜甫拥有更为广泛的读者层。对此，白氏说道：

> 日者，又闻亲友间说，礼、吏部举选人，多以仆私试赋判为准的。其余诗句，亦往往在人口中。仆恧然自愧，不之信也。及再来长安，又闻有军使高霞寓者，欲聘倡妓。妓大夸曰："我诵得白学士《长恨歌》，岂同他妓哉？"由是增价。……自长安抵江西三四千

1　虽然有意见认为定本即大集本，单指最后的七十五卷本，但笔者认同太田次男所提的复数定本说。详见［日］太田次男：《本邦伝存「秦中吟」諸本の本文並びに訓読について》，《斯道文庫論集》第16辑，1979年。

里，凡乡校、佛寺、逆旅、行舟之中，往往有题仆诗者。（《与元九书》）

字里行间虽不少谦辞，但也略带自夸之意。

而好友元稹亦表示：

其甚者，有至於盗窃名姓，苟求自售，杂乱间厕，无可奈何。……又云鸡林贾人求市颇切，自云本国宰相每以百金换一篇，其甚伪者，宰相辄能辨别之。自篇章已来，未有如是流传之广者。（《白氏长庆集序》）

从以上内容可知，白氏作品盛行的结果，最终导致了令人无法坐视的伪作横行。

至此，笔者接连引用了长文，而在证明白氏的作品在其生前盛行程度之大时，若要说以上引用必定会被提及亦不言过。然而，就算从《白氏文集》文本源流这一点对引文内容进行考察，也会发现一些令我们饶有兴趣的事实。

换言之，若从流传的范围来看，白氏在世时，民间广泛阅读的文本并非为其亲自指定的5种大集本定本，其原因在于白氏自身否定的"其日本、新罗诸国及两京人家传写者，不在此记"中的以长安、洛阳两京为代表的通行本或为当时主流。

事实上，若从当时的状况考虑，以大集完本的体裁书写并流传的白氏作品恐有范围上的局限，而实际情况更有可能是以选抄本或单篇形式流传的。从作品普及的观点来看，要说受到白氏否定的民间通行本发挥的作用在某种程度上超过了属于定本的大集本，也并非夸大其词。值得一提的是，已有先行研究指出，最初白氏诗文传至日本时的形态属于

《白家诗集》《元白诗集》这般的选抄本。

然而，流传于民间的通行唐抄本或许因此而容易受到社会动乱的影响，这也导致了大多数通行本经过长期流传而逐渐亡佚。

在流传至今的白氏作品刊本中，除了以宋版等刊本为代表的七十一卷大集本之外，另有名为《白氏讽谏》的单行本亦广为人知。后者的内容相当于大集本卷三、卷四所收的《新乐府》。

钱遵王曾在"新雕校正大字《白氏讽谏》"一项中[1]，针对上述《白氏讽谏》单行本的文本特性作出过如下描述："《白氏讽谏》，原自单行。此所雕本者，其字句与总集稍异。"诚如钱氏所述，该书并非一定与大集系刊本一致。此外，卢文弨虽然对明正德年间海宁严震刊《白氏讽谏》本予以了高度评价，称其"颇出诸本之右"，但是该刊本中的独特文字是经过了何种过程而得以保留仍是未解之谜。

然而，近年来，王重民对敦煌出土的唐抄本《白氏新乐府》15篇和卢文弨的《白氏文集校正》中部分引用的严本《白氏讽谏》文字进行比较[2]，得出如下结论：

> 持与相校，敦煌本与白集同者十七八，与《讽谏》本同者十八九。余未见严刻，亦不知其所自，而异同独与敦煌本为近，则非从世传白集抽出，必为别有所据可知。自是严刻增价矣！

此外，王氏还断定严刻《白氏讽谏》如预想一般，并非是从大集本中抽刻的。在重新评价了严本文本的同时，王氏继续说道：

1　钱曾：《读书敏求记校证》，广文书局影印本，1967年。
2　王重民：《敦煌古籍叙录》，中华书局1979年版。

此敦煌小册子，似即当时单行之原帙。……更以时代考之，同为元和四年作品，则此小册子，盖据元和间白氏稿本。白氏诗歌，脱稿后即传诵天下，故别本甚多。即白氏所谓通行本也。然其价值，当仍在今行诸本之上。

王氏明确指出，敦煌本乃白氏在世时的民间流传本，即"通行本"，并且比现行诸本拥有更为优质的文字。

然而，王氏并未讨论敦煌本与严本的相互关系，而仅对两书存在的15篇文字进行了校勘。

彻底说明两书关系的则是太田次男的两篇论文：《御物本白氏新乐府文本考》和《台湾"中央图书馆"藏白氏讽谏明刊本考》。

据此，王氏的断案也几乎得到了佐证，并且单行本《白氏讽谏》的特殊文本的由来也终于变得清晰。

据太田氏称，《白氏讽谏》单行的诸刊本虽然基本上属于宋版大集本系统，但作为中国的刊本，与日本直接继承唐抄本的古抄本有着为数不少的一致之处。接着，他以此推断在唐代以后至宋代之间，虽然《白氏讽谏》遭受了种种改变，但与宋版大集本系统的出处相异，并且这一《白氏讽谏》50首作品的祖本应与定本以外的民间流传通行的唐抄本相关联。

如此，通过单行本《白氏讽谏》，我们得以在较为接近定本的日本古抄本系统以及由宋版为代表的大集本刊本系统以外，确认一种白氏在世时新的《白氏文集》文本系统，即流传于民间的"通行本"系统。

（一）关于《白氏策林》

如上所述，单行本《白氏讽谏》虽然只保留了一部分当时通行的唐抄本文本，但其作为流传至今的中国刊本，拥有珍贵的文献价值，并因此受到了高度评价。在考察了该书之后，我们也应当对其他以单行本形态面世的作品是否取自于大集本系统刊本或另有出处的问题加以分析。

据笔者管见，《白氏讽谏》本以外的刊本单行本有两种：一为南宋王楙的《野客丛书》中提到的《白氏制朴》，一为邵懿辰撰、邵章续录的《（增订）四库简明目录标注》和傅增湘的《双鉴楼善本书目》中著录的《白氏策林》。

关于前者，元稹在"白朴流传用转新"（《酬乐天余思不尽加为六韵之作》）一句的原注中如此说道：

> 乐天於翰林中书，取书诏批答词等，撰为程式，禁中号曰白朴。每有新入学士求访，宝重过於六典。（《元氏长庆集》卷二十二）

如上所示，白氏之文从当时起便成了文人官僚阶层的模范，并以单行作品的形态广为流传。因此，完全可以想象出其作品在宋代亦拥有需求。虽然该作品在《新唐书·艺文志》以及目录类著作中未见，但如《野客丛书》所述，由于王楙曾目睹过三卷本《白氏制朴》，因此该作品无疑存在过宋刊的单行本。

然而元代以后，该书仅在《宋史·艺文志》中可见一卷本的记录，之后便失传了。

而关于白氏执笔《白氏策林》的经过，则可参考该书的序文：

> 元和初，予罢校书郎，与元微之将应制举，退居於上都华阳道观，闭户累月，揣摩当代之事，构成策目七十五门。及微之登首科，予次焉。凡所应对者，百不用一二，其余自以精力所致，不能

弃损，次而集之，分为四卷，因命曰《策林》云尔。（据《管见抄》本）

从以上内容可以得知，白氏为了与其友元稹应制举，而在道观闭门苦学。该书便是其当时写下的对策习作。该书原为四卷构成的单行本，就其内容而言，亦与《白氏制朴》同为文人官僚阶层的垂涎之作。因此，该书也当与《白氏讽谏》一样广为流传。

虽然从《艺文志》以及其他书目中找不到该书的身影，但有间接证据可证其实。《金史》卷九十九《徒单镒列传》中记载道：《白氏策林》于金大定五年（1165）被翻译成了女真语。由于大定五年相当于南宋前期孝宗的乾道元年，因此若译本的底本为刊本，那么《白氏策林》便存在着宋刊本。

如今可以确认的《白氏策林》现存刊本有两部：一为台湾"中央图书馆"藏影抄明刊本，二为北京图书馆藏明刊木。此外，日本还藏有两部区别于中国刊本的朝鲜铜活字单行本《白氏策林》。据笔者私见，藏于日本的两部铜活字本几乎同版，其文本是从七十一卷本朝鲜铜活字本中原封不动截取《策林》部分的抽刻本，但误植较多。因此，铜活字本从文献角度来看，并不具备足以采用的特色，所以本文中也将不对其过多言及。然而，两书中的京大本由于并未介绍过，所以若从其他观点进行考察，亦可发现令人深感兴趣的事实存在。

言归正传。笔者在日本庆应义塾大学附属研究所斯道文库见到了台湾"中央图书馆"藏影抄明刊本（以下略称"明抄本"）的胶片。

针对明刊《白氏策林》的文本，邵懿辰表示："明刊《白氏策林》，即自集内辑出。"而叶德辉则在明抄本后的跋文中写道："《策林》四卷，唐白居易撰，今在白集五十二至五十五卷，此明人抽出单刻本。"正如以上两位先贤所述，该书长久以来被视为从明版大集本中截取《策林》部分的抽刻本，且完全不具备文本特色。然而，笔者通过此次的调查发现，该书不仅与绍兴年间初期的南宋本以及属于宋本系统文本的那波本《白氏文集》存在诸多差异，即便将其与明版诸本进行比较亦然。换言之，该书中存在他本中未见的独特文本。

因此，笔者将在下文中简要地介绍一下明抄本的情况，对该书与日本现存的最为接近唐抄本的古抄本及宋版等刊本进行分析，并试论单行本《白氏策林》文本的特点及其意义。（需要补充的是，该明抄本虽然在日本未经介绍，但在罗联添的《白居易散文校记》中被用作了校本之一。）

（二）明抄本的情况

1. 明抄本的书志

虽为抄本，但全书的笔法严谨，属于精写本。第 1 册的序目及卷一和卷三的卷头押有图书馆藏印和"朱氏梁任"印。叶德辉在其所作跋文中提到，该明抄本为一名叫朱梁任的友人据刊本影写的。

目前，《白氏策林》的明抄本分为两册（从押印的状态来看，朱氏藏有该书时即分为两册），而藏于北京图书馆的唯一的明刊本为四卷四册本，因一卷相当于一册，所以该书明抄本的底本或亦为四册本。

虽然《白氏策林》的明抄本与北京图书馆本的关系被认为极其紧密，但该书的明抄本以及《（增订）四库简明目录标注》的续录著录本皆为每半页 10 行 21 字本，而《双鉴楼善本书目》却记载为 11 行本。此外，考虑到《白氏讽谏》本亦存在文本相异的数个文本[1]，《白氏策林》也完全有可能存在数个文本，所以无法立刻对两书的关系加以判断。希望能够在一睹北京图书馆本之后再对该问题加以讨论。

---

1 ［日］太田次男：《台湾「中央図書館」所蔵本『白氏諷諫』明刊本について》，《日本中国学会報》第 30 集，1978 年。

该书的明抄本为左右双边（据书中的注记记载，板框高19.3厘米，宽13.7厘米），有界，10行，每行21字。但是，卷三第17页正面的第8行起至背面的第1行为止的4行较其他行低半格左右（理由不明），而字数相同。版心有"策林卷×"字样，其下方记有页数。全书共91页，序和目录占3页，卷一占22页，卷二占23页，卷三占20页，卷四占23页。

首行顶格写有"白氏策林序"5字，次行顶格起的5行写有关于策林成书经过的序文。随后的次行顶格写有"白氏策林目录"6字。此6字在他本中未见，这也显示出了该书作为单行本的特征。在6字之后，目录另起一行并分四卷按序记录下了各卷的策目，总计75门。古抄本金泽本和大集系刊本的策目并非像明抄本一般被集中排列在卷头，而是都被分别安插在了各卷中，对此笔者将在后文中详述。此外，古抄本或大集系刊本与明抄本的策目在编次上并未有任何相异。

该书的内题和尾题皆有"白氏策林卷之×"，而无刊刻者信息或刊记。然而，正如上文所提到的，书中附有恐为叶氏自撰的跋文。跋文中写有受旧藏者朱氏所托而对本书进行调查的情况，并有关于文本的若干考证和解题。

虽然叶氏在文中并未提及以下内容，但笔者通过对明抄本的精细调查，发现书中存在4处宋讳。因此，该书的底本便可能为宋版。以下，笔者将使用宋本与该书进行比较分析。（宋本、明抄本在遇到某个宋讳字时会使用双行小字记下"犯／御名""犯／御嫌名""渊圣／御名"。对此，下面的校勘表中将以"●"代替。此外，[ ] 内的数字为策目的编号，下同。）

〈宋本〉　　　　　　　　〈明抄本〉

① ［序］●成策目　　　　　●成策目

② ［16］何则桑●之妖　　　何则祥桑之妖

③〔16〕飞雉●于鼎　　　　飞雉●鸲于鼎

④〔22〕开而罪梯●然则　　开而罪梯●植然则

⑤〔28〕●公所以霸者　　　桓公所以霸者

⑥〔37〕齐●好味　　　　　齐●好味

①和④处为高宗的讳字"构"，而④处的明抄本却将"构"字误写成"植"字，更将"植"字插入了宋讳下，从而一错再错。③的"鸲"字应属于哲宗讳字"煦"的系统，此处的明抄本亦与④一样在宋讳下重复插入了讳字，从而犯下了相同的错误。⑤和⑥为钦宗的讳字"桓"，对此宋本皆讳，而明抄本中却只有⑥处可见宋讳。此外，明抄本在②处的文字因与宋本相异，所以并不能成为宋讳的对象。如上所示，虽然在明抄本中亦可见宋讳，但若细加斟酌，便会发现该书的错误极多。虽然出现上述现象并非不存在书写时误写的可能，但笔者认为其原因恐为底本的误刻。此外，虽然该书为明版，但在覆刻本或仿宋刊本中，亦存在宋讳被原样保留的例子，因此即便书中存在宋讳，也并不能够完全断言该书为宋版。反之，结合诸如③和④所示的明抄本外行的处理，以及上文提到的宋刊本的存在可能来考虑，明抄本的底本或接近与宋刊本一脉相承的明覆宋刊本。需要补充的是，笔者并未发现书中存在缺笔。

此外，该书几乎不存在注文。诸本仅在〔2〕一处的正文"未敷之问"下，有双行小字写成的自注："自懋建已下皆叠策间中事。"而该注在明抄本中变成了大字并混入了正文中，乍看之下变得难以区分。

然而，75门的策目中有51门写有小字的题注。若将宋本和明抄本进行比较，便可发现二者在策题和题注上有些许出入，但并不存在明显的差异。

2. 与诸本的比较

（1）与古抄本、宋本的比较。

在对《白氏讽谏》进行资料考证时，能够被作为中心资料推导出《白氏讽谏》诸本与大集系刊本关系的便是传至日本的古抄本。而古抄本则被认为在文本上最为接近唐抄本。笔者有幸能够在比较中使用以下两种古抄本：一为日本大东急记念文库藏金泽文库旧藏《白氏文集》卷四十七，二为日本内阁文库藏永仁三年（1295）写本《管见抄》本。前者相当于《策林》的第三卷，而后者则拥有全四卷。从内容上来看，《策林》卷三最为丰富，因此以下将首先从该卷的文本分析入手，并逐次涉及他卷。

接下来，笔者将举例说明明抄本从整体上接近于宋本等刊本。笔者使用了金泽本、《管见抄》本、折本（金泽本中写有来自折本的行注，因此其底本恐为宋刊本的一种）、宋本、四部本和明抄本作为资料。

首先，笔者将分析写有"折本无"校语之处。（折本无的文字用"●"表示）

（卷三）	〈金〉	〈管〉	〈宋〉	〈四〉	〈明〉
① [36] 奉成式也	●	无	无	无	无
② [36] 伏惟陛下	●	●	无	无	无
③ [40] 足以奉吏	●	●	●	●	●
④ [40] 利害之相悬	●	●	无	无	无
⑤ [46] 明王之选	●	●	无	无	无
⑥ [47] 或恐难矣	●	●	无	无	无
⑦ [48] 自王怪之	●	●	无	无	无
⑧ [48] 边之上策也	●	●	无	无	无
⑨ [51] 则虽量守	●	●	无	无	无

即便以上列举的①和③反映出特例并非不存在，但明抄本显然属于包括折本在内的刊本系统。以下，笔者首先将会从卷一、卷二、卷四中挑选古抄本系统《管见抄》本中有而明抄本等刊本中无的例子。

（卷一）	〈管〉	〈宋〉	〈四〉	〈明〉
① [3] 则臣之名		无	无	无
② [4] 若理之又理		无	无	无
③ [5] 何观之焉		无	无	无
（卷二）				
④ [22] 亦国足用		无	无	无
⑤ [28] 况於开帝王		无	无	无
⑥ [35] 而物白归之		无无	无	无
（卷四）				
⑦ [56] 是小人之心		无	无	无

虽然卷四中只有一例，但从他卷能够不时找出同样的例子。由此可见，明抄本亦属刊本系统。

其次是宋本中有而金泽本、《管见抄》本中无之例。

（卷三）	〈宋〉	〈折〉	〈四〉	〈明〉	〈金〉	〈管〉
① [36] 不闻於一声	●	●	●		无	无
② [36] 圣之述作	●	●	●		无	无
③ [38] 不肯知钱	●	●	●		无	无
④ [42] 前弊必自	●	●	●		无	无

以下为卷一、卷二、卷三中的相同例子。

（卷一）	〈宋〉	〈四〉	〈明〉	〈管〉
① [9] 夏禹之德	●	●		无
② [9] 殷汤之仁	●	●		无
③ [11] 至于天下	●	於		无
④ [11] 其故无他	●	●		无
（卷二）				
⑤ [19] 趋利者甚	●	●		无

⑥ [19] 业於农者　　●　　●　　无

（卷四）

⑦ [57] 爱而悦之矣　　●　　●　　无

⑧ [57] 畏而服之矣　　●　　●　　无

以上示例中古抄本系统的字数较少，然而即便如此，明抄本依然属于刊本系统。

最后是与古抄本以及刊本文本相异之例。

（卷三）	〈金〉	〈管〉	〈折〉	〈宋〉	〈四〉	〈明〉
① [37] 归於壅也	●	矣	矣	矣	矣	
② [38] 惟属之虑	●	若	若	若	若	
③ [39] 求私利矣	●	也	也	也	也	
④ [39] 日侵其吏	●	利	利	利	利	
⑤ [40] 百无一二矣	●	也	也	也	也	
⑥ [41] 积为逋债	●	於	於	於	於	

以下为卷一、卷二、卷三中的相同之例。

（卷一）	〈宋〉	〈四〉	〈明〉	〈管〉
① [2] 恭默清净		●	●	静
② [2] 匠之巧拙		●	●	工
③ [4] 敢不极谏		●	●	陈
（卷二）				
④ [19] 以出租		●	●	利
⑤ [19] 臣常反覆		●	●	尝
⑥ [26] 财货器物		●	●	用
（卷四）				
⑦ [55] 於察色		●	●	声
⑧ [57] 臣复思之		●	●	伏

由此可见，明抄本亦明显属于宋刊本系统。

如上述的例子所示，明抄本虽然与宋本等刊本类一致，但与金泽本或《管见抄》本之类的古抄本相异。在笔者列举的内容之外，还有多个例子与之相同。换言之，明抄本从系统上来看，属于广义上的宋本等大集系统刊本类，而并非最为接近唐抄本的日本古抄本。

（2）与明版诸本的比较。

以上，笔者通过明抄本与古抄本的比较，证实了明抄本与宋本极为接近的事实。然而，在分析明抄本和明版诸本的相对关系时，前者所处的位置依然成疑。正如上文所提到的那样，单行本《白氏策林》至今一直被认为是明版大集本的抽刻本。然而，笔者认为有必要对这一结论妥当与否予以确认。

目前所知的明刊大集本有以下4种：

①《白氏文集》七十一卷，华坚兰雪堂铜活字本，正德八年（1513）刊（以下称"兰本"）。

②《白乐天诗集》四十卷，郭勋编，正德十二年（1517）序刊（以下称"郭本"）。《白乐天文集》三十六卷，郭勋编，正德十四年（1519）序刊。

③《白氏文集》七十一卷，伍忠光校本，嘉靖十七年（1538）刊（以下称"伍本"）。

④《白氏长庆集》七十一卷，马元调万历三十四年（1606）序刊（以下称"马本"）。

首先，笔者对后二者的伍本、马本进行比较。

	〈宋〉	〈明〉	〈伍〉	〈马〉
①	默然而退	●	默	默
②	政与欲	●	时	时
③	代之浇醨	●	●	漓

127

	〈明〉	〈伍〉	〈马〉
④ 远无不伏	●	服	服
⑤ 如汗涣然	○●	●○	●○
⑥ 家至日见	○●	户晓	户晓
⑦ 导之斯行	●	道	道
⑧ 人之蚩蚩	●●	无无	无无
⑨ 所谓下令	●	可	可
⑩ 循以为常	●	徇	徇

如上所示，明抄本显然接近于宋本而与伍本、马本有别。因此，明抄本的底本无疑不是伍本、马本的抽刻本。

那么，明抄本与正德年间的兰本、郭本二书的关系如何？以下，笔者将对三书的相同之处进行比较。

	〈宋〉	〈明〉	〈兰〉	〈郭〉
① 默然而退		●	●	●
② 政与欲		●	●	●
③ 代之浇醨		●	●	●
④ 远无不伏		●	●	●
⑤ 如汗涣然		○●	○●	○●
⑥ 家至日见		○●	○●	○●
⑦ 导之斯行		●	●	●
⑧ 人之蚩蚩		●●	●●	●●
⑨ 所谓下令		●	●	●
⑩ 循以为常		●	●	●

结果显示，兰本、郭本与伍本、马本相反，极为接近宋本、明抄本。

先行研究中已经提到，兰本、郭本虽为明版，但其文本却比同为明版的伍本、马本更为接近宋本。

虽然笔者只调查了《策林》的部分内容，但即便与上文中提到的宋本、明抄本的宋讳相比较，兰本有3处为空格，而郭本则记有"犯御名"3字。二者皆保留了所用底本为宋版的痕迹。在现存宋版中，只有绍兴本为完本，但由于通过书目类文献能够确认多个宋版的存在，所以兰、郭二本虽为明版，然若从文本系统角度来看，也自然会得出与宋版接近的结论。

笔者在上文中对宋讳进行分析后推测，明抄本的底本接近于覆宋刊本。而正如以上列举的文本校勘表所示，明抄本的文本显然接近于宋本。因此，明抄本的底本无疑不是伍本、马本的抽刻本。那么，前者与上述的宋本系刊本是否完全一致便是新的疑问。

通过上文校异，我们可以看到明抄本基本属于上述的宋本系刊本群而并非日本古抄本。然而，若对书中内容作进一步斟酌，便会发现明抄本拥有以上诸本中未见的特异文本。

（3）明抄本文本的特征。

其一，明抄本约有30例文本仅与诸如金泽本或《管见抄》本等古抄本文本，以及最为接近日本古抄本文本的中国刊本《文苑英华》本相一致。

其二，明抄本中存在着诸多与中国的刊本以及日本古抄本不一致的文本，其数量之多可谓令人意外。

笔者首先对第一个观点进行分析。〔例文引自宋本，（ ）内的"→"后方所示文字为古抄本与明抄本一致之处。（金）为金泽本，（管）为《管见抄》本，（文）为《文苑英华》本。〕

与古抄本一致之例：

① ［序］揣磨当代之事　　　　（→摩）　〈管〉

② ［1］尝理槛　　　　　　　　（→当）　〈管〉

③ ［42］国家自多事已来　　　（→以）　〈金〉〈管〉

④［63］陛下虑其减削　　　　（→销）　〈管〉

⑤［64］以为如何　　　　　　（→何如）〈管〉

⑥［65］惟陛下详之　　　　　（→唯）　〈管〉

⑦［71］亦由昼夜相代　　　　（→犹）　〈管〉

与古抄本、《文苑英华》本一致之例：

①［8］必欲以凉德　　（→凉）　　〈管〉〈文〉

②［13］发施号令　　　（→号施）　〈管〉〈文〉

③［32］善恶未著　　　（"善"字前有"岂"字）〈管〉〈文〉

④［34］不为恶恶之尽（→谓）　　〈管〉〈文〉

⑤［42］田之肥硗　　　（→硗）　　〈金〉〈管〉〈文〉

⑥［49］臣又为　　　　（"又"和"为"字间有"以"字）〈金〉〈管〉〈文〉

⑦［51］故闻蚕食瓜剖（无"闻"字）　　〈金〉〈管〉〈文〉

⑧［70］十步之内　　　（→外）　　〈管〉〈文〉

⑨［70］万枢之繁省　　（→机）　　（〈文〉〈管〉作"几"）

以上列举的便为金泽本、《管见抄》本（《文苑英华》本亦包含其中一部分）仅与明抄本一致之例，共16处。

在此，笔者想针对与古抄本时常一致的《文苑英华》本进行若干说明。在总集类著作《文苑英华》中收录的《白氏文集》虽为中国刊本，但在文本上更为接近日本的古抄本而非别集刊本。关于该点，先行研究已经进行了论述。笔者将在下文列举其中的显著一例。

《源氏物语》的《葵》卷中的"旧枕故衾谁与共"一句被认为参考了白居易的《长恨歌》。然而，在宋版等别集本中，被认为是出典的同句却作"翡翠衾寒谁与共"。直到作"旧枕故衾谁与共"的古抄本《长恨歌》被发现，这一困扰学者的问题才得以解决。

然而，《文苑英华》文本亦与古抄本相一致。这也证实了日本存有的《长恨歌》古抄本在传入后并未受到更改。

如上所述，由于《文苑英华》拥有接近日本古抄本的优质文本，笔者将会视其文本等同于古抄本，并在以下列举明抄本仅与该本一致之例。

① [7] 劳体励精　　（→厉）

② [13] 盖是谓也　　（→谓是）

③ [15] 大备于於　　（→於）

④ [20] 泉布　　　　（→帛）　　　（二本并作"布帛"）

⑤ [25] 贵钱区别　　（→贫）

⑥ [29] 小大之职　　（→大小）　　（刊本作"小大"）

⑦ [33] 区别否藏　　（→否别）

⑧ [56] 有祐亲爱　　（→怙）

⑨ [63] 文物声明　　（→名）

⑩ [63] 未有愎谏　　（→拒）

⑪ [71] 而不用邪　　（→任）

⑫ [71] 易如覆掌　　（→於）

⑬ [71] 虽逆于耳　　（→於）

此外，在［46］中，明抄本、《文苑英华》本作"若十人爱之，必十人之将也；百人悦之，必百人之将也；千人悦之，必千人之将也；万人伏之，必万人之将也"，而加点的10字在他本中皆脱落。

诚如上文所示，明抄本虽与《文苑英华》本亦有相关联之处，但从前者保留了近30例古抄本系统所独有的文字来看，不得不承认该书与唐抄本至少存在些许关联。

而同时，该书又有着诸多与其他诸本皆不相同的文字。这些文字或显示出该书在流传的过程中受到了其他途径的改变。然而，该明抄策林本的文字中也可能残存了勉强逃过改变的唐代通行本的策林文字，且这

131

些文字在他本中或已消失。虽然目前还无法对此予以明确区别，但也并非毫无头绪可言。以下，笔者将列举书中的一处被认为是唐抄本遗留的文字。

针对［19］"夫籴甚贵钱甚轻则伤人，籴甚贱钱甚重则伤农"（据宋本），罗联添进行了考证："案下籴字，当从钞本作粜。'籴甚贵钱甚轻则伤人''粜甚贱钱甚重则伤农'，二句对举，与唐颜师古对策贤良文所谓'卖谷极贱，则农人劬劳而不给；籴价翔踊，则工商窘乏而难振'（《全唐文》百十七卷）文意同。"

"籴"为买入的谷物，而"粜"为卖出的谷物。策林的此句意为通货膨胀时，买入谷物的商人感到苦恼，而通货紧缩时，卖出谷物的农民则感到痛苦。对此，罗氏引用颜师古之说，并认为下"籴"字应从明抄本作"粜"的这一考证应当是正确的。如上所示，除了此例之外，明抄本保留下来的优质且独特的文字绝非少数。以下，笔者将再举例文。（例义据宋本，圆括号内的"→"所指为明抄本中特有的文字。）

① ［1］ 小臣狂简之过　　（→微）

② ［1］ 邦有以渐於兴　　（→政）

③ ［4］ 思酌下言　　　　（→纳）

④ ［8］ 浇而复和　　　　（→朴）

⑤ ［16］悟天鉴者　　　　（→惧）

⑥ ［18］思乎军镇之中　（→旅）

⑦ ［19］望岁勤力者　　（→终）

⑧ ［22］家无异风　　　　（→殊俗）

⑨ ［27］有偻偻之诚　　（→惓惓）

以上所列举的明抄本的文字与诸本相比，可谓有过之而无不及。

此外，明抄本中还有一句仅在该书中可见而在诸本中皆无的内容：
［16］"讴歌日兴，贼盗自息，田野渐开，此之谓休徵。"

加点的8字便是该例句。虽然明抄本中仅有此一例，但从前后文来看，不可谓不自然。该句亦或为唐代通行的抄本遗文。当然，明抄本中存在着底本的误刻，一眼便能发现误写和明显的劣质文本。然而，除去上述糟粕之后，还有100例左右的异文或可被视为明抄本从早期开始便保持着单行本形态的证据。

如上所述，明抄本的底本虽然在总体上反映了宋刊大集本系统的改变，但笔者在对该书内容仔细研究后发现，其内容明显与任何刊本皆不一致。

太田氏在《台湾"中央图书馆"藏〈白氏讽谏〉明刊本考》中将单行刊本《白氏讽谏》的文本特征总结为以下三项[1]：

（1）基本上属于大集本宋刊本系统。

（2）在（1）的条件下，还有不少与古抄本系统一致的文本。

（3）在满足（1）和（2）的条件下，还拥有不同于宋刊本、古抄本的文本。

其中，尤以（2）为依据，可以推测出《白氏讽谏》本与宋版本系统的源头相异，而其祖本却与唐抄本相关联。若对该点进行比较便可发现，明抄本虽然出现的时代靠后，但依然有少数与古抄本一致的文本。这是不可忽视的。此外，由于《白氏讽谏》满足（3）的条件，所以从整体上看，与其将明抄本的底本，即刊本《策林》本的祖本看作大集本系统宋版的抽刻本，倒不如将其与通行的唐抄本相挂钩来得妥当。

退一步来说，即便该书属于某种未知宋本的抽刻本，那么在该种宋本已佚的当下，其明抄本作为《白氏文集》校订资料的一种，依旧能够提供他本未见的文本。

1　［日］太田次男：《台湾「中央図書館」所蔵本『白氏諷諌』明刊本について》，《日本中国学会報》第30集，1978年。

虽然笔者所使用的直接资料为抄本，并且仍有多处需要进行反复推敲，但还是决定提出以上的一己私见。

（三）补记

校勘所用《白氏策林》诸书文本如下（其中，标有"斯微"的是斯道文库所藏微缩胶片所据版本）：

宋本：《白氏长庆集》七十一卷，宋绍兴年间刊本，北京文学古籍刊行社影印，1955年。

四部本：《白氏文集》七十一卷，四部丛刊本（即那波道圆刊本）。

兰本：台湾"中央图书馆"藏（斯微）。

郭本：金子彦二郎旧藏，平冈武夫现藏精写本（斯微）。

伍本：日本名古屋市蓬左文库藏（斯微）。

马本：日本东京都立中央图书馆藏。

《文苑英华》：隆庆刊本，中华书局影印，1966年（中华书局本中有一部分为宋版配补，而《策林》则全为明版）。

三

朝鲜铜活字本《白氏策林》

平安时代以来，中唐诗人白居易给日本文学界带来了巨大影响。众所周知，白氏的基本立场始终代表官僚，而其诗文也绝非与之毫不相干。

因此，白居易作为科举官僚，理所当然地留下了许多与时务相关的文章。这些作品被分为了"中书制诰""翰林制诏""奏状""策林"等类别，其数量在现存本七十一卷中，占到了二十卷。

白氏的《新乐府》《长恨歌》等代表作在其在世时便广受欢迎。除了这些诗篇以外，上述的与时务相关的文章也被视作范文，受到科举考生以及官僚们的推崇。

正如《旧唐书·白居易传》中白氏自谓"礼、吏部举进人，多以仆私试赋判为准的"，还有元稹在"白朴流传用转新"（《酬乐天余思不尽加为六韵之作》）一句的自注中提到的"乐天于翰林中书，取书诏批答词等，撰为程式，禁中号曰白朴。每有新入学士求访，宝重过于六典"那样，当时白氏的时务文章已受到文人官僚层的垂涎和欢迎。

不难想象，在科举制度几乎成熟的宋代，白氏文章也当然为人所需。虽然《艺文志》和书目等文献中未见白氏著作，但是南宋王楙在其著作《野客丛书》（卷十二）中"白朴"一项中提道："检唐《艺文志》及《崇文总目》无闻，每访此书不获。适有以一编求售，号曰《制朴》，开帙览之，即微之所谓《白朴》者是也。为卷上中下三，上卷文武阶勋等，中卷制头、制肩、制腹、制腰、制尾，下卷将相刺史节度之类。此盖乐天取当时制文编类，以规后学者。"从中可知，《白氏制朴》曾存在过宋刊单行三卷本。[1] 此外，从上述内容也可间接得知，作为本节所论对象的《白氏策林》同样有过宋刊单行本。

《金史》卷九十九《徒单镒列传》中载有徒单镒于金大定五年（1165）奉天敕命将《贞观政要·白氏策林》译成女真语之事。当时徒单镒使用的底本虽恐为刊本，但无从确认是大集本的抽刻本还是单行本。然而，正如本章前文所述，现存影抄明刊本中记有使用双行小字写下的"犯／御名"、"犯／御嫌名"和"渊圣／御名"。从这一点来看，

1　元代以后，该书在《宋史·艺文志》中仅可见一卷本。

该祖本确实为宋刻单行本。

需要补充的是，以上提到的白氏时务文章的盛行并非仅限于中国本土。太田次男在《内阁文库藏〈管见抄〉考》和《〈政事要略〉所引白氏文集考》[1]二文中对白氏所作的时务文章在日本的接受情况作了详细的报告。

在提到《白氏文集》对日本的影响时，要说《枕草子》中的故事《香炉峰的雪》必定会被提及亦不为过。正如该故事所代表的那样，长期以来对《白氏文集》在日本的接受情况进行考察时，主要是以白氏诗篇等文学作品为考察中心。对此，太田氏指出："然而，尽管缺乏相关资料，但如果白居易作为官僚而活动的一面受到完全忽视，则无法立刻作出判断。对于白氏造成的大范围影响来说，目前还留有寻找保留其痕迹的资料的余地。"[2]平安朝中期，著名的明法家惟宗允亮为了收集法曹考勘的资料，而在集录了必要文献的《政事要略》中引用了白氏的策和判。太田氏在对上句提到的白氏作品进行详细分析之后，发现从一些虽为罕见的例子中可以看出，在惟宗氏在世时的明法家之间，《白氏文集》已在实务方面造成了影响。

诚如上文所述，若仅从文学方面研究《白氏文集》，便不能称充分理解《白氏文集》。如果无视潜伏在白氏文人形象下的官僚立场，甚至有可能在理解白氏的文学时只能知其皮毛。

毋庸赘述，中国的文学和政治历来便有着密切的关联。对于白氏而言，也绝不例外。更进一步说，白氏在某种意义上正是上述现象的典型

---

1 ［日］太田次男：《『政事要略』所引の白氏文集について》，《史学》第45卷第4号，1973年。亦可参照［日］太田次男：《真福寺藏新楽府注と鎌倉時代の文集受容について》，《斯道文庫論集》第7辑，1969年。

2 ［日］太田次男：《『政事要略』所引の白氏文集について》，《史学》第45卷第4号，1973年。

代表。年轻时的白居易对自己以《新乐府》为代表的讽喻诗予以了较高评价（参见《与元九书》）也绝非偶然。

此外，在白氏之作中，《策林》四卷作为实务性文章，尤以官僚的立场浓重地反映出文学和政治间的紧张关系。

（一）关于《白氏策林》

《策林》序（据《管见抄》文本）记载：

> 元和初，予罢校书郎，与元微之将应制举，退居於上都华阳道观，闭户累月，揣摩当代之事，构成策目七十五门。及微之登首科，予次焉。凡所应对者，百不用一二，其余自以精力所致，不能弃损，次而集之，分为四卷，因命曰《策林》云尔。

从上文中可以了解到《策林》编纂前后的情况及契机。元和初年（806），35岁的白氏辞去了秘书省校书郎一职，并为了获得升迁而与友人元稹在道观闭门准备应制举。《策林》便是他当时写下的对策习作。同年四月，白氏于才识兼茂明于体用科考试合格，并被任命为盩厔县尉。就这样，在两年后的元和三年（808），他又被任命为左拾遗，并作为讽喻诗人活跃在历史舞台上。

从上述情况来看，一方面，《策林》七十五篇并非一定是白氏从自身的实际政治体验而创作的。因此，对于该作的分析动辄便会陷入类型论，从而极易成为有违实质的空论。然而，结合白氏创作时的情况来看，《策林》中也相应地贯穿着青年白氏的理想主义色彩。另一方面，《策林》的内容与作为天子谏臣的白氏隐退时发表的《新乐府》相呼应。将此二者结合，便会是考察青年时期白氏的好资料。

然而，唐代文人们的作品原本已大多散佚，白氏的作品仅有零星保留。以唐抄本（敦煌本·零卷，伯希和编号5542号）为首，保留了较为接近白氏原本的日本古抄本等还有不少残存。

平冈武夫、今井清校定的《白氏文集》，太田次男、小林芳规合著的《神田本白氏文集研究》便是基于古抄本的研究成果。

需要补充的是，虽然日本金泽文库旧藏本《白氏文集》卷四十七（相当于《策林》卷三）已经公开，但是《白氏策林》并未被作为校本使用。此外，保留了接近于古抄本文本的镰仓时代的重抄本《管见抄》收录了《策林》全四卷的内容。惟宗允亮的《政事要略》中虽然存在误写和脱字，但书中所引《策林》文本也被证实属于古抄本系统。而以下列举的藏于日本的两书则虽为明刊本，但被认为保留了较为接近宋本的文本：一是日本大仓集古馆藏《白氏长庆集》七十一卷，正德八年（1513）刊，华坚兰雪堂铜活字本；二是日本宫城县县立图书馆藏《白乐天文集》三十六卷，正德十四（1519）年武定侯郭勋刊本。

同时，目前还有3种《白氏策林》单行本得到了确认。即如下的明刊本、影抄明刊本和朝鲜铜活字本：一是北京图书馆藏明刊本（四册）；二是台湾"中央图书馆"藏影抄明刊本（二册）；三是朝鲜铜活字本（一册），日本筑波大学附属图书馆、韩国诚庵古书博物馆、日本京都大学附属图书馆谷村文库藏。

需要指出的是，以上诸本中，笔者目睹的原书仅为筑波本，台湾本和京都本为微缩胶片，诚庵本为复印本。除筑波本之外，笔者在阅览调查之际使用的资料皆为斯道文库所藏。

如上所示，在《策林》四卷的文本资料中，笔者已经收集到了主要的古抄本以及刊本等书，而接下去所要做的便是校订工作。然而，对于罗列诸本式的校勘而言，并非不存在反而使文本陷入混乱的风险。因此，为了避免上述情况发生，笔者认为有必要在校订前明确诸本的系统。

在上述诸本中，影抄明刊本系统被认为"明刊《白氏策林》，即自集内辑出"，并且"《策林》四卷，今在白集五十二至五十五卷[1]，此明人抽出单刻本（后略）"（叶德辉：《影明抄本后跋》）。从中可知，影抄明刊本被认为是从明版大集本中仅截取《策林》四卷而成的抽刻本，并且被视作在文本上毫无特色的单行本。

然而，据笔者调查，一方面，影抄明刊本在与南宋初期绍兴年间刊本和被认为是源自南宋中期的蜀本的那波本以及明版诸本的细校下，出现了为数很多的差异。另一方面，被发现拥有独特文本的《白氏讽谏》诸本的现本虽然受到了宋刊大集系本的校订，但其祖本或出自曾经广为流传并独自蒙受了文本变化的唐抄本。这一推测亦适用于《白氏策林》。

而筑波大学附属图书馆藏朝鲜铜活字本虽然由藤本幸夫进行了介绍，但其所属系统仍未确定。笔者虽然在以上的拙论中论述了自己的大致看法，但在有幸目睹了韩国诚庵古书博物馆馆主赵炳舜所藏的复印件，并因此发现了可以补足鄙见之处。以下，笔者将在介绍以上列举的3种朝鲜本的同时，对三书与保留了最为接近唐抄本文本的日本古抄本以及宋版等大集系刊本的关系进行分析，并论述朝鲜铜活字本《白氏策林》文本的特点及其意义。

（二）朝鲜铜活字本《白氏策林》的书志

1. 筑波大学附属图书馆藏养安院旧藏本

不分卷，唐白居易撰，甲辰小字铜活字版，半一册。

日本改装，后补书题签《白氏策林》。长23.7厘米，宽14.3厘米。

1　在明版中，此处对应的各本卷数并不一致。华坚兰雪堂铜活字本、伍忠光本（钱应龙本为其后印本）、马元调本为卷六十二至卷六十五，而武定侯郭勋本为卷十四至卷二十。

四周单边。框郭长17.4厘米，宽11.2厘米。有界，界线原则每半页9行，各界配有双行字，每半页18行。但第3页正反皆为19行。

除第3页以外，每行16字。版心粗黑口，双黑鱼尾，中缝下部仅刻有编码，无柱题等信息。需要指出的是，该书仅第3页为白口，无鱼尾。纸张种类为楮纸。应是（甲辰）铜小活字版。首页正面首行顶格可见内题《白氏策林》，次行低一格题"策林序"。第3行起写有6行序文。紧接其后写有目录，低两格。第3页12行处低一格写有章题"一策头二道"。随后的次行顶格起写有文本。第63页正面第14行尾题《白氏策林》。无刊记。无避讳、缺笔等现象。印记有双边长方形朱印"养安院藏书"和"东京师范学校图书印"。

本书虽无刊记、识语或内赐记等内容，但可被认为是与后述的京都大学附属图书馆谷村文库藏本和诚庵古书博物馆诚庵文库藏本同一时期刻印的活字本。若事实如此，基于诚庵赵炳舜认为其自身所藏本为1484年初铸甲辰小字的推论，本书也应当刊行于朝鲜中宗年间。（然京大本、诚庵文库本、筑波大本三本皆属异植字版。）

需要补充的是，正如该书印记所示，其旧藏者为养安院曲直濑正琳。日本内阁文库藏《怀仙楼书目》（曲直濑家藏书目录）及日本大阪府立图书馆藏《养安院藏书》目录中分别录有该书。总而言之，本书相传是宇喜多秀家为嘉奖初代正琳之功而下赐之物，而该书应当属于壬辰战争时日方从朝鲜带回本国的书本之一。

2. 诚庵文库藏本

不分卷，唐白居易撰，甲辰小字铜活字版，半一册。

该书未见原本。据《诚庵文库典籍目录》所载[1]，长22.8厘米，宽13.7厘米。框郭长17.5厘米，宽11厘米。版式与筑波本同，但为异植

---

1 《诚庵文库目录》，《韩国典籍综合目录》第4辑，国学资料保存会1975年版。

字版。

该书的所藏者赵炳舜在致笔者的私函中称："此本虽在小生的目录中作（1495—1544）刊，但该书的刻字属于年代稍早的（1484—1495）之间的甲辰（1484年初铸字）小字，并且是初铸本。"对此说法，笔者选择遵从。

3. 京都大学附属图书馆谷村文库藏本

不分卷，唐白居易撰，甲辰小字铜活字版，半一册。

原书未见。该书长21.5厘米，宽14厘米。框郭长17.4厘米，宽11.2厘米（太田次男博士指教）。此外，第3页正面为18行，反面为20行，与筑波本、诚庵本相异。并且，第3页和第6页仅上方为白口，无鱼尾。该书封面贴有《白氏策林》的题签、"火百二十日全一册"和"谦"的藏书票。在末页的中缝处写有"嘉靖十二年癸巳十一月十五日　家君下赐"，而封底衬页则有名叫"主尹"的朝鲜人旧藏者写下的文字，在其下方的文字或为花押。

印记方面，有"坡平尹琼""平出氏书室记""秋邨遗爱""京都大学图书之印"四印。从以上资料来看，该书最初为16世纪朝鲜尹氏书室所藏，后经平出铿二郎、秋邨谷村一太郎之手，作为谷村氏的文库藏书进入了京都大学附属图书馆。

需要说明的是，此三书皆为异植字版，且书中的误植在后印的书中不断得到更正。以下，笔者将列举数例进行说明。（例文所引〈那〉为那波本，〈筑〉为筑波本，〈诚〉为诚庵本，〈京〉为京大本。）

	〈那〉	〈筑〉	〈诚〉	〈京〉
① ［策目二十七］ 请以族类求贤		旅	旅	●
② ［策目四十三］ 议兵		义	义	●
③ ［策林四］ 陛下视朝廷		造	●	●
④ ［策目七］ 刑虽明而寡惩	○●	●○	●○	●○

141

第三章　以刊本为中心的考察

⑤［策林四十八］南牧之马　　　收　　　收　　　●

在以上5例中，诚庵本中仍旧属于误植的①、②、⑤三例在京大本中全部得到了订正。此外，《策林七》的正文"则政教何忧乎不治"的"忧"字虽在筑波本中颠倒，但在诚庵本和京大本中得到了修正。然而，筑波本的误植即便在京大本中依然有不少未得到修正。对此，笔者将在后文中详述。

（三）与诸本的比较

1. 与古抄本、宋本的对校

在探索《白氏讽谏》诸本的系统时，以较为正确地保留了唐抄本文本的日本古抄本为基础资料，便能够推导出《白氏讽谏》诸本与宋版等大集系刊本的相互关系。有幸的是，笔者目前能够使用以下3种古抄本文本进行比较：一是日本大东急记念文库藏旧金泽文库本《白氏文集》卷四十七，二是日本内阁文库藏旧壻氏温古文库本《管见抄》，三是平安朝中期的明法家惟宗允亮编撰的《政事要略》所引文。

相当于《策林》卷三的金泽文库本卷四十七的文本，不仅在形式方面使用了对于唐朝的皇帝、朝廷和诏敕等方面的空格，还大量使用了与刊本相别的平安朝时的字体。这些字即《干禄字书》中所谓的俗字[1]。综上所述，该卷可被视为唐抄本系统中的古抄本。借由太田次男对于《管见抄》文本以及《政事要略》所引文的精细考论，我们可以得知二书属于唐抄本系统中的古抄本。结合以上内容，笔者将会在下文中对各刊本进行比较。

首先，笔者将举例说明铜活字本拥有接近于宋刊本的文本。（由于

1　［日］太田次男：《鎌倉時代に於ける漢字字体に関する一資料について—豊原奉重の白氏文集校訂作業の復元を繞って—》，《史学》第50卷记念号，1975年。

行文的关系，笔者将使用那波本代替大集本系统朝鲜刊本，并在必要时对二书进行细校。）

〔〈管〉为《管见抄》本；〈宋〉为南宋初期绍兴刊本；〈那〉为那波本（四部丛刊本）；〈抄〉为影抄明刊本《白氏策林》；〈铜〉为铜活字本《白氏策林》；〈金〉为金泽本，但仅为卷三。[ ]内的数字为策门的编号。〕

（1）《管见抄》本中有，而包括铜活字本在内的刊本中无的例子。

（卷一）

	〈管〉	〈宋〉	〈那〉	〈抄〉	〈铜〉	〈金〉
① [3]	则臣之名	无	无	无	无	/
② [4]	若理之又理	无	无	无	无	/
③ [5]	何观之焉	无	无	无	无	/

（卷二）

| ④ [22] | 亦国足用 | 无 | 无 | 无 | 无 | / |
| ⑤ [28] | 况於开帝王 | 无 | 无 | 无 | 无 | / |

（卷三）

⑥ [46]	明王之选	无	无	无	无	●
⑦ [47]	或恐难矣	无	无	无	无	●
⑧ [48]	自王怪之	无	无	无	无	●
⑨ [51]	则虽量守	无	无	无	无	●

（卷四）

| ⑩ [56] | 是小人之心 | 无 | 无 | 无 | 无 | / |

虽然仅有一例来自卷四，但在其他卷中存在很多同样的例子。正如上文所示，铜活字本属于宋刊本系统。

（2）刊本中有，而《管见抄》本中无的例子。

（卷一）

〈宋〉	〈那〉	〈抄〉	〈铜〉	〈管〉	〈金〉
① [9] 夏禹之德	●	●	●	无	/
② [9] 殷汤之仁	●	●	●	无	/
③ [11] 其故无他	●	●	●	无	/
(卷二)					
④ [19] 趋利者甚	●	●	●	无	/
⑤ [19] 业於农者	●	●	●	无	/
(卷三)					
⑥ [36] 圣之述作	●	●	●	无	无
⑦ [38] 不肯知钱	●	●	●	无	无
⑧ [42] 前币必自	●	●	●	无	无
(卷四)					
⑨ [57] 爱而悦之矣	●	●	●	无	/
⑩ [57] 畏而服之矣	●	●	●	无	/

如上所示，即便在《管见抄》本文本字数较少处，铜活字本文本依旧属于刊本系统。

（3）与《管见抄》本及刊本的文本相异之例。

（卷一）

〈宋〉	〈那〉	〈抄〉	〈铜〉	〈管〉	〈金〉
① [2] 恭默清净	●	●	●	静	/
② [2] 匠之巧拙	●	●	●	工	/
③ [4] 敢不极谏	●	●	●	陈	/
(卷二)					
④ [19] 臣常反覆	●	●	●	尝	/
⑤ [26] 财货器物	●	●	●	用	/
(卷三)					

⑥ [38] 若厉之虑　　●　　●　　●　　惟　　惟

⑦ [39] 日侵其利　　●　　●　　●　　吏　　吏

⑧ [41] 积於逋债　　●　　●　　●　　为　　为

（卷四）

⑨ [55] 得情伪於察色　●　　●　　●　　声　　／

⑩ [57] 臣复思之　　●　　●　　●　　伏　　／

如上所示，铜活字本在此处亦明显属于宋刊本系统文本。

（4）太田氏校订的《政事要略》所引《策林十八》文本和《管见抄》本以及宋刊本等诸本的差异。

	〈政事〉	〈管〉	〈宋〉	〈那〉	〈抄〉	〈铜〉
① [18] 狂恒雨若		●	常	常	常	常
② [18] 僭恒旸若		●	常	常	常	常
③ [18] 鸿范云		●	洪	洪	洪	洪
④ [18] 不涸之仓		●	食	食	食	食
⑤ [18] 若兵甲或动		○●	○●	○●	○●	○●

结果显示，古抄本与宋刊本系统明显相异。

从以上所举的例子来看，铜活字本虽与包括明抄本在内的宋本等刊本类一致，但与诸如《管见抄》本的古抄本相异。换言之，铜活字本与影明抄本同属宋本等大集本系统刊本类，而非属于被认为接近于唐抄本的日本古抄本。

2. 与明版诸本的对校

至此，通过与古抄本和宋本等的比较，铜活字本极为接近宋本的事实水落石出。那么，铜活字本又与明版诸本呈现出何种关系呢？明刊单行本《白氏策林》在过去被一致认为是如上所述的从明版大集本中抽刻的书。笔者已揭露了影抄明刊本并未符合这一推论的事实。

一方面，已有先行研究指出，"兰本""郭本"虽为明版，却在文本上比同为明版的"伍本""马本"更为接近宋版[1]。正如笔者在前文中所描述的那样，宋本和影抄明刊本的《策林》四卷中各有6处和4处避讳。其中，"兰本"有3处为空格，"郭本"亦有3处写到"犯御名"。从这些痕迹可以看出，以上二书在刊行之际使用的底本为宋版。现存的宋版仅有南宋绍兴刊本，然而，我们可以通过间接资料确认曾有数个宋版存在。因此，兰本和郭本虽为明版，但从文本角度来看，可将其归于宋刊本系统。

当然，虽然此二书并非完全与宋本一致，但若将其与"伍本""马本"二书进行比较便可发现，其中显著的差异是无法掩盖的。

另一方面，如前文的校勘表所示，影抄明刊本以及铜活字本属于包括以上两种明版在内的宋本系统刊本，而与日本的古抄本系统并无直接关联。然而，影抄明刊本在拥有上述一面的同时，若对其加以细究，便可发现其中保留了宋本系统刊本以及铜活字本中未见的特异文本。

相关的具体示例已在拙论中举出，即便新加入了铜活字本进行比较，其结果依旧相同。换言之，影抄明刊本在基本框架上虽然属于大集本宋刊本系统，但同时拥有如下特征：

（1）该书约有30例文本仅与日本金泽文库旧藏《白氏文集》和《管见抄》，以及北宋初期编纂的中国刊本《文苑英华》相一致[2]。前两者属于日本的古抄本，而后者则保留了较为接近古抄本的文本。

（2）中唐以后，该书作为单行本，与大集本分别行世，其间受到独自的改变而导致书中出现了他本中完全未见的特有文字（约100例）。

以上两点便是影抄明刊本作为单行本的特征。与之相对，铜活字本《白氏策林》却与包括两种明版在内的宋本等大集本自始至终保持一致。

1、2　[日]花房英树：《白氏文集の批判的研究》，中村印刷出版部1960年版。

这一结果不禁令人推测，影抄明刊本和朝鲜铜活字本在体裁上虽同样采取了单行本的形式，但从文本系统的角度来看，两书完全相异。总之，影抄明刊本的祖本应当是唐抄本，并且可以被认为最初的形态便是单行本，而《白氏策林》本或为从某种宋本系统的大集刊本中直接抽刻而成。

（四）与那波本、朝鲜本的细校

据此前列举的校勘表所示，铜活字本《白氏策林》与南宋绍兴刊本、那波本以及《策林》四卷属于极大程度上保留了宋本文字大集系统刊本。然而，即便将以上4种大集本统一视为宋本系统文本，对其中的误刻等信息稍加对校，便可发现四者之间存在小异。若将如此细微差异考虑在内，进一步考查便会发现，铜活字本在以上各书中最为接近那波本。以下，笔者将对此举例说明。

		〈宋〉	〈兰〉	〈郭〉	〈那〉	〈铜〉
①	[4]	理之又理	●	●	无	无
②	[8]	君臣凌替	●	●	陵	陵
③	[8]	比屋可戮	●	●	诛	诛
④	[16]	何缪滥哉	●	●	谬	谬
⑤	[18]	调而均之	●	●	蔼	蔼
⑥	[18]	李悝之平籴	●	●	憧	憧
⑦	[24]	挽江准之租	●	●	输	输
⑧	[30]	彝伦日叙	●	●	序	序
⑨	[62]	礼之崩也	●	●	坏	坏
⑩	[62]	乐之坏也	●	●	崩	崩

在①处，那波本、铜活字本皆脱一"理"字。而⑥处的"李悝"为战国初期的魏人，有名的政治家。他曾任文侯之相，并在魏国推行了富国强兵的政策。此处的"悝"字，那波本、铜活字本皆误作"憧"。除上

述两例之外，其他8例皆为异文（此外更有10例左右的异文存在），并且以上二书完全一致。从中可以预想到那波本与铜活字本的密切联系。

那波道圆刊行古活字本《白氏文集》时，正值日本元和四年（1618）。若上文所示的铜活字本《白氏策林》的推定刊行时期（1484—1495）无误，《策林》本的刊年便至少先于那波本百年，因而不存在前者从后者中抽出后刊刻的可能性。

然而，据近时的研究发现，采用前后续集旧编次的那波本的直接底本为朝鲜整版刊本《白氏文集》。在此基础之上，相关研究更是基本究明了该整版本基于的文本为明成化二十一年（1485）刊行的朝鲜铜活字本。而那波本即为整版本之子，铜活字本之孙。

因此，若在以上列举的用例之外，再加上铜活字大集本和整版大集本，那么属于朝鲜版系统的诸刊本与那波本的关系便会越发清晰。（〈整〉为整版本，〈活〉为大集铜活字本的简称。）

	〈宋〉	〈兰〉	〈郭〉	〈那〉	〈铜〉	〈整〉	〈活〉
① [4] 理之又理		●	●	无	无	无	无
② [8] 君臣凌替		●	●	陵	陵	陵	陵
③ [8] 比屋可戮		●	●	诛	诛	诛	诛
④ [16] 何缪滥哉		●	●	谬	谬	谬	谬
⑤ [18] 调而均之		●	●	蔼	蔼	蔼	蔼
⑥ [18] 李悝之平籴		●	●	憧	憧	憧	憧
⑦ [24] 挽江淮之租		●	●	输	输	输	输
⑧ [30] 彝论曰叙		●	●	序	序	序	序
⑨ [62] 礼之崩也		●	●	坏	坏	坏	坏
⑩ [62] 乐之坏也		●	●	崩	崩	崩	崩

在文本中未列出的其他10例也显示出同样的倾向。然而，虽然铜活字大集本、整版大集本和那波本中的后二者都以前者为底本而依次刊

刻，但在其过程中混入了些许改编或误刻，从严格意义上来说，三者的文本并非完全相同。与此相对，铜活字本《白氏策林》与整版大集本和那波本相比，则较为忠实地继承了铜活字大集本的文字。（但是上文已经提到铜活字本《白氏策林》三书相互存在小异。）以下，笔者将列举相关用例。

〈宋〉	〈那〉	〈整〉	〈活〉	〈铜〉
① [19] 钱甚重	●	●	其	其
② [20] 将泉布	●	●	●	●
③ [33] 入色者	邑	●	●	●
④ [43] 而业成	●○	●○	○●	○●
⑤ [54] 则失道	先	先	●	●
⑥ [54] 则失礼	先	先	●	●
⑦ [55] 而后富之	复	●	●	●
⑧ [58] 富其仁	民	民	●	●
⑨ [63] 勿失具陈	●	●	且	且

以上9例中，①和⑨属于铜活字大集本的误植，而整版本和那波本各自对其进行了修正。④则属于配字疏忽，而在整版本、那波本中得到了正确替换。然而，在铜活字本《白氏策林》中，铜活字大集本的错误却被原原本本地继承了下来。

⑤、⑥、⑧在铜活字大集本中虽无误，但在整版本和那波本中，却被误刻成了字形相近之字。然而，铜活字本《白氏策林》却因继承了铜活字大集本而得以保留了正确之字。除此之外，②、③、⑦为那波本单独错误之例。如上所示，无论铜活字大集本文本正误与否，铜活字本《白氏策林》皆对其进行了继承，因此将后者视为前者的抽出本应当并无不妥。此外，由于这两种书的推定刊行年代也最为接近，所以应当可以认为两者之间存在直接的亲子关系。

此外，《白氏策林》的题注可以作为铜活字大集本与本书关系的补充资料。至今为止，作为唯一保留了前后续集旧编次的刊本，朝鲜铜活字本同整版本、那波本的最大难题一直被认为在于三书中并未存有南宋本等书中的白氏自注。然而，就《策林》之卷来看，各题的自注并非全部被削去。在存有题注的51门中，注被改成了粗体字，并成了题目的一部分，以至于乍看之下并不像自注。其中，第67篇的题目在那波本、整版大集本中作"议释教僧尼"，而铜活字大集本、铜活字本《白氏策林》中却脱"僧尼"二字。虽然此或为孤证，但应当可以从后两者的脱字一致推测，《白氏策林》本为铜活字大集本而非整版大集本的抽出本。此外，通过这一从铜活字大集本中忠实抽出原书内容的存在，中国刊行的影抄明刊本《白氏策林》文本的特异性在相较之下也可谓越发凸显。不过，虽然万曼在其《唐集叙录》中对《白氏讽谏》的特异性略有关注，并引用了《读书敏求记》中的"其字句与总集中稍异"一节，但在提到单行本《白氏策林》时，万氏仅表示："此外，（策林）也有单行，不具录。"从中可见其关注之弱。

需要指出的是，虽然从整体上看，该铜活字本完全沿袭了其底本（铜活字大集本）的误植，属于忠实原书的抽出本，但其中亦有新出现的误植。

正如先前所述，在朝鲜铜活字本、整版本和那波本三书中，虽然面世越晚者受到了更多的修订，但仍不充分。以下，笔者将列举若干示例，以说明时代靠后的书中亦存在前者的错误并未得到订正之处。

	〈宋〉	〈那〉	〈整〉	〈活〉	〈铜〉
① [2]	则大朴	●	●	●	僕
② [2]	而畎浍	●	●	●	沧
③ [7]	是以勤多	●○	●○	●○	○●
④ [13]	慢於终	●	●	●	宽

⑤	[13] 宽於贵	●	●	●	终
⑥	[16] 陶冶万物	●	●	●	冶
⑦	[16] 宋景有罚	●	●	●	罢
⑧	[18] 狂僭之政	●	●	●	借
⑨	[63] 故曰行礼	●	●	●	人
⑩	[69] 兴於嗟叹	●○	●○	●○	○●

通过以上 10 例的前后文可知，并未受到订正之处为单纯的误植，而并不包括主观改变文本的问题。因此，通过与他本的比较便可发现，铜活字本《白氏策林》的文本乍看之下颇为独特，但若细加考究便可发现，该书文本中的独特之处属于上文所示的误植，因此很难认为这些误植是受到其他系统的文本校订后出现的。然而从严格意义上来说，该书之所以出现如此多的误植，也可能是由于其所据底本为某种拥有诸多误植的文本，而非现存书陵部所藏朝鲜铜活字大集本。

正如笔者在上文中详细说明的那样，铜活字本《白氏策林》的文本并非像影抄明刊本那般拥有特殊的成书过程，而当是从明成化二十一年（1485）刊朝鲜铜活字本《白氏文集》系统中忠实抽刻的。然而，其文本与底本在相较之下存在诸多误植，若作为校勘资料，其价值并不大。但是，该书的 3 种异植字版却令人饶有兴趣，从书志学角度来看，其价值决不能小觑。

至今为止，铜活字本《白氏策林》一般被推测为大集系刊本的抽刻本，但无法通过中国的刊本予以确认。意想不到的是，笔者此次通过朝鲜刊本证实了这一推测。其成书过程或如下所示：在蜀本系统的宋本从中国输入朝鲜后，铜活字大集本基于前者刊行。不久后，《白氏策林》四卷因朝鲜官场的需要，而被作为政务上的模范性文章以单行本的形式得到了刊行。

日本的《管见抄》将《白氏策林》全文抄出，金朝又将《白氏策林》翻译成女真语，并且朝鲜曾刊行其单行活字本，以上三事的发生绝非偶然。通过朝鲜铜活字版《白氏策林》，《白氏文集》变迁史上至今往往遭到忽视的新的一面得以浮现。就该意义而言，本书也是值得从新角度进行考察的好资料。

四
朝鲜铜活字本《白氏策林》的源流

本书被认为刊行于李氏朝鲜中期的15世纪中叶左右。由李成桂建立的新王朝与高丽王朝相比，有着巨大的变革和发展。其中的一个变化则是"两班"官僚阶层以及被其称为"儒林"或"士林"的儒学思想在李氏王朝对政治和社会整体造成深刻影响。这与高丽王朝以佛教思想为基础的社会体制形成了鲜明对比。

在这一"两班"官僚统治的时期，朝廷基于儒家理念，刊行了唐代中期文人兼官僚的白居易的政治对策书《白氏策林》。这也可被称为是当时的政治指针。本节中，笔者将会围绕该书，对若干问题的调查结果进行报告。

(一)《白氏策林》的内容

书名中的"白氏"指中唐时期的大诗人兼著名官僚白居易（字乐天）。"策林"可理解为对策（针对政治或经书的相关提问，将答案写于简策之上）论集。全书四卷，内容被收于全集（前集、后集）本《白氏文集》的卷四十五至卷四十八中。从序文中可知，该书原本或与《新乐府》同样有单行作品行世。事实上，目前确实存在覆宋版的明版单行本。然而，朝鲜铜活字本《白氏策林》则是从铜活字全集（前集、后集）本中抽出对应卷数的对策文章后新刻的四卷本。

元和元年（806），白居易辞去了秘书省校书郎的工作。为了能够晋升高级职位，他与好友元稹在道观闭关准备制举的对策，而当时白氏写下的习作便是《白氏策林》。同年四月，白居易在才识兼茂明于体用科中考试合格，并迅速被任命为盩厔县尉。当时，白居易是一名35岁的青年官僚。在元和三年，他被任命为左拾遗。其作为讽喻诗人活跃于文坛的事迹更是毋庸赘述。

比起白氏创作的讽喻诗《新乐府》，《白氏策林》的出现时期要稍早些。从后者中，可以切实感受到满怀理想的青年官僚白居易的政治理念。《白氏策林》中的几篇作品也被成书于日本平安朝中期的《政事要略》采用。从中可以看出，该著作对于外国官僚来说正是容易理解且非常实用的模范作品集。综上所述，除了内容以外，《白氏策林》的文体也是吸引李氏朝鲜的儒林、士林派官僚阶层的因素之一。

以下，笔者将逐卷列举书中的对策题目（对策后的数字为花房博士所编作品编号）。所用文本为京都大学附属图书馆谷村文库本。

第一卷

策林序（二〇一三）

一、策头　一（二〇一四）

　　　　　二（二〇一五）

二、策项　一（二〇一六）

　　　　　二（二〇一七）

三、策尾　一（二〇一八）

　　　　　二（二〇一九）

　　　　　三（二〇二〇）

四、美谦让（二〇二一）

五、塞人望归众心（二〇二二）

155

第四卷

从以上的题目来看，这些作品应受到当时"两班"官僚阶层的垂涎。那么，该书是由谁于何时所刊行？

（二）刊行时期与其推行者

　　本书如同大多数的朝鲜书籍，并未留下刊记等显示刊行时期的记录。然而，朝鲜活字本的显著特点之一便是能够根据书中所用铸字推定书的刊行时期。目前，笔者确认有以下3种朝鲜版铜活字本《白氏策林》存在：一是日本筑波大学附属图书馆藏本；二是赵炳舜诚庵文库藏本；三是日本京都大学附属图书馆谷村文库藏本。

　　至今，上述三本被认为是"（朝鲜）中宗（1506—1544）年间刊行的铜活字本（甲辰字版）"[1]。《诚庵文库典籍目录》的记述与此基本相同。[2]然而，赵诚庵先生在后来致笔者的私信中订正道："此本虽在小生的目录中作（1495—1544）刊，但该书的刻字属于年代稍早的（1484—1495）之间的甲辰（1484年初铸字）小字，并且是初铸本。"日本京都大学附属图书馆谷村文库本中则有旧藏者尹氏的注记："嘉靖十二年癸巳十一月十五日　家君下赐。"由于"家君下赐"的时期为嘉靖十二年（1533），所以本书的铸字甲辰活字的"甲辰"当为该年之前的甲辰年，即1484年。如此一来，便与赵诚庵先生的卓见相一致。并且，若将该书刊行的时期推定为甲辰初铸字诞生后不久，那么该书与铜活字全集本《白氏文集》之间便会浮现出紧密关联的关系。

　　以下，笔者将会对全集本《白氏文集》与单行本《白氏策林》之间的关系进行些许考察。

　　现存唯一的朝鲜铜活字全集本《白氏文集》（日本宫内厅书陵部藏）为甲辰活字本。在卷七十一末尾的陶谷《龙门重修白乐天影堂记》后，有金宗直（1431—1492）所作的两页《新铸字跋》。该跋文为日本

1　京都大学附属图书馆：《京都大学谷村文库目录》，京都大学附属图书馆，1963年。
2　《诚庵文库目录》，《韩国典籍综合目录》第4辑，国学资料保存会1975年版。

157

第三章　以刊本为中心的考察

所补抄（此前一直被误认为是刊记），且不仅最初的活字刊本附有该文，其后的刊本中也同样如此。因此，单从《新铸字跋》的年代来看，并不能断定该书的刊年。然而，沈禺俊则提出："郑麟趾等奉命撰《治平要览》，金宗直甲辰字《新铸字跋》。"[1]若基于沈氏的意见来考量，即便将全集本刊行的时期推定为《新铸字跋》提到的明成化二十一年（1485）之后不久，应当也不会出现巨大的实际差异。需要补充的是，藤本氏认为，该书为同年（1485）至成宗（1469—1494）末年的刊本。

笔者已在本章中指出，活字单行本《白氏策林》原来并非单行本，而是铜活字全集本《白氏文集》的抽刻本。因此，若要将全集本《白氏文集》的刊年限定于上述年代，《白氏策林》的"甲辰"小铸字的"甲辰"便不是1544年的甲辰，而应当指全集刊行前后的1484年。

（三）关于《新铸字跋》作者金宗直

笔者在当初只留意了附于铜活字全集本《白氏文集》卷末的《新铸字跋》的跋年"成化二十一年（1485）"，而对于执笔者金宗直一无所知。然而，随着调查的深入，笔者逐渐认为金宗直与铜活字全集本《白氏文集》和单行铜活字本《白氏策林》的刊行有着密切关联。《新铸字跋》中虽然丝毫未有言及金宗直个人的参与，却反而凸显出此人与之关联甚深。换言之，金宗直此人正是当时政界新势力的代表人物。

1418年，李氏王朝进入了世宗统治时期。其间，为了对抗开创李氏王朝的勋旧派等派系，一股新的政治势力登上了历史舞台。起初，由于他们在乡村中拥有中国新儒学（道学）的学问研究背景，而被称为"儒林"或"士林"（后被称为"儒林"）。这些儒林之士想要在政

1　［韩］沈禺俊：《『香山三體法』について》，《白居易研究講座》第6卷，勉诚社1995年版。

治上施行基于儒学的王道政治，在经济上施行地主佃户制，在社会上施行乡约和社仓制等。勋旧派势力与其展开了激烈的政治斗争，并引发了多起士祸和朋党的弊害，但后者仍为手握15世纪下半叶的李氏王朝政治主导权的一大官僚阶层。而儒林活动初期的推进者之一正是跋文的作者金宗直。其官场的经历与上述二书的刊行时期几乎平行。考虑到作为儒林派领导人的金宗直的政治和思想背景，在考虑铜活字本《白氏策林》一书的刊行者时，将其作为有力人选之一也并非十分唐突的想法。

笔者认为，在金宗直创作全集本《白氏文集》的"新铸字跋"时，注意到了全集中的《策林》对儒林派而言是十分有益的作品，并因此深入参与了单行铜活字本《白氏策林》的刊行事宜。若这一推论得当，该书便成了了解当时政局的宝贵的一手资料。

（四）《白氏策林》文本的源流

单行铜活字本《白氏策林》基本保留了全集本《白氏文集》中的卷四十五至卷四十八的原貌。而全集本《白氏文集》的刊行时期为明成化二十一年（1485），即朝鲜成宗十六年前后，以中国的出版情况来看，便是明版的时期。但是，正如该书的直接底本被推定为南宋中期的蜀本（前集、后集）那样，其文本为旧编次的南宋文本。因此，单行本《白氏策林》的文本属于宋本系统。

对于保留了唐代以前作品的汉籍文献来说，宋版至今一直被视为最优秀的文本。然而，通过最近针对日本旧抄本（宋版本之前以写本形式流传的传抄本资料）开展的细致研究发现，在旧抄本和宋版之间，即便是相同的作品也存在不少文本差异。尤其在《白氏文集》的研究上，相关的成果不断得到公开，而《白氏策林》亦不例外。目前被认为最接近《白氏策林》原本的旧抄本资料有以下3种：一是金泽文库本《白氏文集》卷四十七（勉诚社影印本，1984年）；二是《管见抄》（日本内阁

文库藏，斯道文库微缩胶片）；三是《政事要略》所引文［平安朝中期、长保四年（1002）成立。明法家、惟宗允亮撰］

以上3种皆为日本残存的珍贵旧抄本资料。在此之外，笔者通过本次调查还发现，北宋初期编纂的《文苑英华》（1000卷）虽非旧抄本，但书中所载《白氏文集》的水准可与之匹敌。当然，在中国的研究中，《文苑英华》的文本早已受到关注。或许是之前的研究没能把握其与众不同的文本特征，所以使用的不是宋本系统的刊本，而是文本质量低劣的明刊本［隆庆元年（1567）刊］。明刊本未必能够在校异中起到有效作用。对此，笔者选取了以下两个具体示例。（例中的明刊本《文苑英华》略称〈明刊〉，明抄本《文苑英华》略称〈明抄〉，南宋绍兴刊本略称〈南宋〉，那波道圆本略称〈那本〉。）

	〈明刊〉	〈明抄〉	〈南宋〉	〈那本〉
二十三　不夺人利（二〇三九）	臣又闻之	无	无	无
三十六　达聪明、致理化（二〇五三）	惟陛下措而行是	惜	惜	惜

从以上两例可以看出，《文苑英华》刊本文本与诸本不相一致，但抄本却与诸本相同。因此，顾学颉在其校注的《白居易集》中，对上述第一例作了如下说明："闻——此下，《文苑英华》多'之'字。"而朱金城在《白居易集笺校》中则对同处注明："〔臣又闻〕此下《英华》有'之'字。"

此外，《白居易集》中上述第二例的校注写道："惜——《文苑英华》作'措'。"而《白居易集笺校》则指出："'惜而'《英华》作'措而'。"然而，以上校异却成徒劳。如此看来，在校异时应当使用以宋版为底本的明抄本。

原由1000卷构成的《文苑英华》宋版现存约100卷。

于是，为了克服这一负面因素，笔者在校勘时使用了明抄本（底本为宋版本）作为宋版的替代品。结果显示，明抄本与日本旧抄本准确对应，二者犹如车之两轮，为《白氏策林》原本的复原作出了巨大贡献。

以下，笔者将使用数种《白氏策林》旧抄本资料与《文苑英华》文本以及别集诸本进行比较，并以若干示例说明前二者在内容上相近的程度之高。

〈金〉：日本金泽文库旧藏本（仅卷四十七）；

〈管〉：日本内阁文库藏《管见抄》（全四卷）；

〈政〉：《政事要略》所引文本（一八、五五、五六）；

〈文〉：明抄本《文苑英华》。

（五）与金泽文库本、《管见抄》本的近似性

众所周知，顾学颉点校本《白居易集》和朱金城《白居易集笺校》中记有诸多与《文苑英华》相关的校异。对此，笔者将试对校异中若干脱文进行分析。

（九）致和平复雍熙　（二〇二六）

① 虑人之有愁苦也，（则念节声乐之娱。恐人之有怨旷也，）则念嫔嫱之数。

（十三）号令　（二〇三〇）

② 盖行诸己也诚，则化诸人也（速；求诸己也至，则感诸人也）深。

（二十）平百货之价　（二〇三七）

③ 臣又见，今人之弊者，（由钱刀重於谷帛也。所以重者，）由铜利贵於钱刀也。

（二十三）议盐法之弊　（二〇四〇）

④ 盖法久则弊起，弊起则法隳，（法隳则利厚，）利厚则奸生，奸生则利薄。

（五十一）议封建，议郡县　（二〇六八）

⑤ 固邦本（而已矣。是故）刑行德立，近悦远安，恩信推於中，惠化流於外。

以上5例中，〈管〉在①—④的脱文处仅与〈文〉完全一致，而在⑤的正文处则与〈金〉、〈文〉一致。虽然⑤并非脱文，但正如金泽本文本"而已矣是故"左侧的注记"（之业者在乎）折本"所示，有关刊本系统文本（即折本）与唐抄本系统文本差异的校语被记入书中。此处的《文苑英华》文本亦与金泽文库本和《管见抄》本一致。

（六）与《政事要略》的近似性

《政事要略》中收有十八、五十五、五十六3篇作品。以下所引例义出自《政事要略》（太田次男博士校订文本）。

（十八）辨水旱之灾，明存救之术

	〈管〉	〈文〉	〈宋〉	〈那〉
⑥ 不涸之仓	●	●	食	食
⑦ 皆此涂而王也	●	●	道	道

（五十五）止狱措刑（三〇五七）

	〈管〉	〈文〉	〈宋〉	〈那〉
⑧ 赭衣塞路	●	●	道	道

（五十六）论刑法之弊（三六五八）

	〈管〉	〈文〉	〈宋〉	〈那〉
⑨ 假手於小人	●	●	在	在

如以上9例所示，《文苑英华》虽为中国的文献，但在与别集刊本和旧抄本系统文本比较的过程中时常与后者一致。此外，《文苑英华》

中偶尔也会出现填补旧抄本缺失之处。因此，太田次男指出："《英华》本虽有诸多与旧抄本一致之处，但与刊本的一致要远大于前者。虽然该书与大集刊本界线分明，但随着时间的推移，该书逐渐远离抄本，而向刊本接近，可谓处在典型的下降轨道上。"[1]这一观点对于《文苑英华》所载《白氏策林》文本也同样适用。同时，由于该书作为中国的文献，也有不少填补旧抄本文本缺失之处，所以不得不说在校本中占据着重要的地位。

五

朝鲜铜活字版《白氏文集》——围绕那波本的诞生展开论述

白居易的诗文集《白氏文集》在日本的受欢迎程度至今也能够与杜甫、李白的作品相匹敌，它的读者层次之广早已超过了李、杜。日本爱好白氏诗文的读者，不仅从文学方面着手，而且还在文本校订方面积累下了高质量的成果（日本将其称为"白氏校勘学"）。笔者认为，就第二次世界大战后50年来日本在这方面的研究而言，其成就似在中方之上。以下便是具有代表性的3种成果：一是花房英树的《白氏文集的批判性研究》；二是平冈武夫、今井清校定的《白氏文集》三册；三是太田次男的《以旧钞本为中心的白氏文集文本研究》三册。

此外，下定雅弘、新间一美则整理并介绍了附有确切解题的白氏作品[2]。因此，在前述3种成果以外，并非没有关于文本校勘的重要研究。

1　［日］太田次男：《長恨歌伝·長恨歌の本文について》，《斯道文庫論集》第18号，1982年。

2　［日］下定雅弘、新间一美：《日本における白居易の研究》，《白居易研究講座》第7卷，勉诚社1998年版。

只不过此3种成果应当会作为"白氏校勘学"一角的基石而长存不朽。

（一）日本现存的两种《白氏文集》善本

以下两种文本的存在被认为是日本"白氏校勘学"得到飞跃性进展的动因。其一是以日本金泽文库旧藏本为代表的旧抄本《（白氏）文集》，其二是江户初期的儒学者那波活所（字道圆）于日本元和四年（1618）刊行的木活字《白氏文集》，即所谓那波本（以下统一略称为"那波本"）。关于这两种资料的特点，上述的3种研究成果中已各自进行了解说。然而，对于专家以外的人士而言，翻阅各种成果绝非易事，并且其解说也并非一定浅显易懂。因此，笔者为了行论需要，将在下文中以必要的视点对以上研究成果进行若干整理。

（二）金泽文库旧藏《（白氏）文集》

日本传存有源自唐抄本（刊本以前的文本）的写本资料。这些资料被称为旧抄本。其中，由奈良、平安时代（前期）的遣唐使和留学僧等带至日本的唐抄本及其转写本占到了总数的大半。《文选集注》和《（白氏）文集》便是为人所熟知的旧抄本。此处的问题对象《（白氏）文集》的旧抄本原有七十五卷，目前约存二十卷。即便如此，我们仍旧可以通过残卷一窥《（白氏）文集》原来的编次及其文本。换言之，通过将旧抄本《（白氏）文集》与后述的宋刊本进行比较，便可发现前者并未出现刊本中可见的肆意窜改问题，可谓是如今唯一保留了极为接近原本编次和文本的文献。

（三）宋版《白氏文集》的刊行

通过那波本文本的特点可以清楚得知，该书直接参照的底本至少不是旧抄本而是刊本。以下，笔者将对中国刊本刊行的情况稍加略述。

正如殷商的甲骨文字所示，中国的记录资料自古以来都在尝试中不断完善。而东汉的蔡伦在纸张实用化上取得成功，可谓是中国文献史上划时代的大事。尽管如此，书籍本身还是在长时间内通过书写流传。

如前所述，现行的汉籍文本源自宋本。宋版本也被认为是在此之前作为书写资料的唐抄本向刊本图书发生形态变化的最初文本。此外，刊行的宋版本不仅被认为书中的刻字具有艺术性的一面，同时在学术上也属于值得信赖的文本。因而收录唐代以前文献的宋版本至今被视为定本和重要文献。目前，南宋初期绍兴年间（1131—1162）刊行的《白氏文集》被认为是唯一的宋版《白氏文集》完本。

（四）朝鲜版《白氏文集》与那波本

如上所述，若就现存的诸本而言，《白氏文集》的宋版本并非北宋版本而是南宋版本。虽然北宋版《白氏文集》哪怕连一页都未残存，但其曾被刊行的事实毋庸置疑。前文提到藤原道长的《御堂关白记》在宽弘七年（1010）11月28日和长和二年（1013）9月14日两条记载中的"折本文集"便指该书由此得以确认北宋版的存在。那么，为何北宋版《白氏文集》的存在会受到关注呢？

相关的研究给出的理由是：据南宋以后的书目类文献中零碎提及的内容来看，北宋版《白氏文集》直接继承的是唐抄本的旧编次。当然，目前人们无法对二者文本的差异进行确认，但前者的编次被认为继承了原本，从而分为前、后两集，这也与南宋以后的中国诸刊本的前诗、后文编次相异。北宋本的文本在进入南宋后，或因其前、后两集的旧编次下的诗文混杂对想要通读诗作的读书人造成了不便，从而引发了改编的要求（图书的商品化氛围从南宋起开始浓厚）。而现行的前诗、后文编次的新文本即因此出现。然而，旧编次的文本并非完全未得到出版。据当时的书目类文献记载，曾有蜀本系统和苏本系统存世，即前集、后集本系统和前诗、后文系统这两种文本。不幸的是，不便的蜀本系统的版本逐渐遭到淘汰，而最终在中国本土消失。万幸的是，蜀本系统中的宋版曾被带至朝鲜半岛，并通过被称为朝鲜印刷史上伟大成果的铜活字和整版技术出版。如今，那波道圆以该朝鲜版为底本于日本元和四年（1618）刊行的书被称为古活字版《白氏文集》。而那波本被民国初期的上海商务印书馆发行的《四部丛刊》所采用的理由是，当时该本为中日两国间唯一保持旧编次的文本。该书发行时，中国恐未知朝鲜本的存在。[1]

（五）关于那波本底本的诸说

在有关那波本底本的诸说中，藤本幸夫提出了朝鲜铜活字本的见解。实际上，在那波本刊行之际，道圆或处于后述的缘由而对其底本只字未提。以下，笔者将对至今的诸说稍作介绍并试对藤本说加以分析。

①金泽文库旧藏本《（白氏）文集》说。近藤守重（号正斋，1771—829）主张。

②覆宋本说。《四部丛刊》本《白氏长庆集》的封面（《白氏文集》和《白氏长庆集》为同书异名）。

③旧刊覆宋本说。岛田翰主张。

④不对铜活字本和整版本进行区分的朝鲜本说。桥本进吉博士主张。

⑤朝鲜整版本说。小尾郊一、花房英树、平冈武夫主张。

⑥朝鲜铜活字本说。藤本幸夫主张。

近藤说见于《金泽文库考》卷一。

《白氏文集》那波道圆刊有活字版，而其原书为金泽本。其跋为读

1　王绍曾：《近代出版家张元济》，商务印书馆1984年版。

耕斋亲笔所作，而那波所作活字则由木工手书。其本今为源弘贤所藏。

金子彦二郎博士在执笔《平安时代文学与白氏文集》第1册时，虽然目睹了该书的实物，但还是受到了近藤氏见解的影响。诚然，那波本和金泽文库本的诗文编次皆为前集、后集的形式，但在文本上大有差异。金子博士调查过实物，应当对二者的差异有所察觉，不过他也许没能把握其中的意思，所以结果还是倾向了近藤说。

《四部丛刊》在文本的系统上把握了宋本系统，但由于不知道朝鲜本的存在而导致了覆宋本说的出现。

岛田观点见于《古文旧书考》卷三《旧刊本考》中的"《白氏文集》七十一卷（应安以上刻本）"一项下。本说由于受到铃木虎雄博士的介绍，而亦被解释为《四部丛刊》说的根据之一。然而，除了岛田氏以外，再无他人目睹过该旧刊本。因此，从中可以推测，该书与《李善注文选》一样，存在子虚乌有的可能性。[1]

朝鲜本说由桥本近吉博士提出："那波道圆所刊元和四年活字本基于的是朝鲜本。"（《文集》卷三解说，1927年）笔者认为，该说为不受先前岛田翰说和《四部丛刊》说影响的卓见。桥本博士或参考了东洋文库前间恭作的旧藏本。当时，《图书寮汉籍善本书目》还未公开刊行。

主张朝鲜整版本说的3位学者所使用的共同文本为日本天理图书馆所藏本。最初对该书予以关注的是小尾郊一博士。第二次世界大战后，以花房英树、平冈武夫两位学者为中心的人士又对其进行了彻底调查和研究（京都大学人文科学研究所《白氏文集》共同研究班），并断定那波本的底本为整版本。

藤本幸夫主张铜活字本说，与近时被认为是定论的整版本说意见不同。

1　［日］长泽规矩也：《長澤規矩也著作集》第1卷，汲古书院1982年版。

据藤本氏调查，现存的整版原刻本皆为韩国所藏本，而日本所藏整版本皆为补刻本。原刻本中虽然未收刊记，但据刻工名以及封面衬页中的官方文件年号看，该书应当刊行于明万历末年前后。虽然该书并非完全没有可能是那波本的底本（1618年刊），但考虑丰臣秀吉因侵略朝鲜而造成的日朝两国的紧张关系，实际上该说恐怕不可能成立。

同时，包括天理本在内的日本所藏本皆为补刻本，从对刻工名以及封面衬页进行的分析来看，这些补刻本印刷于18世纪中叶，因此不可能作为那波本（1618年刊）的底本。那么，对于那波本与目前仅存的书陵部所藏铜活字本之间的些许差异（从整体上看十分稀少），藤本氏又作何解释？以下，便是其对于该疑问的回答。

据其称，那波本的底本虽与书陵部铜活字印本（1470—1494年刊本）为同版，但受到了修正，并在部分文本上产生了差异。藤本氏的考察充分利用了自身作为朝鲜书志学者的经验。

（六）关于《谣抄》

藤本氏就那波本所用底本"铜活字本"的来历进行了说明："本书（笔者注：指铜活字本）恐为丰臣秀吉侵略朝鲜时带回之物。"然则，铜活字本在成为那波本的底本前藏于何处便成了疑问。长久以来，笔者一直对此抱有疑问，而此前终于找到了解决这一问题的资料，即丰臣秀吉的外甥丰臣秀次下令编纂并撰述的谣曲注释书《谣抄》。

丰臣秀次（1568—1595）在其人生的最后时期，即文禄四年（1595）三月起命令所有公家众和五山僧着手编纂《谣抄》。然而，秀次却在随后被冠上了谋反的嫌疑，并被放逐至高野山，最终自尽。正由于《谣抄》原为秀次的个人事业，所以受其自尽的影响，几近完成的《谣抄》在一时间散失。然而，剩余的草稿再次受到编辑，并被姑且认为于庆长四年（1599）左右成书。

《谣抄》中经常可见来自《白氏文集》的引用，且约有15例同时记下了所引卷次。笔者在将其卷次与诸本进行比较后，发现了令人极为感兴趣的事实。以下，笔者将针对该书中所引《白氏文集》的卷次进行若干分析。

笔者所据《谣抄》文本收于《日本庶民文化史料集成》第3卷（三一书房，1978年）。此外，有关《白氏文集》作品旧编与新编的卷次异同，可参照太田次男著《白乐天》卷末的异同一览表[1]。

（七）所引《白氏文集》的卷次

《谣抄》中的《白氏文集》引用共80例。其中，记有所引卷次的为15例，而带有问题的有4例。

以下，笔者将列举《谣抄》所引卷次和《白氏文集》诸本的卷次，并对宋本（绍兴刊本）、明本（马元调刊本）、铜活字本、那波本进行比较。

（一）（难波）第330页（下）、（梅枝）第633页（下）

《白氏文集》二十一卷中，有名为"谏鼓赋"之作。

    卷二十一　铜活字本、那波本

    卷三十八　宋本、明本

（二）（松虫）第479页（上）、（白乐天）第345页（上）

白乐天作《酒功赞》，见于《白氏文集》六十一卷。

    卷六十一　铜活字本、那波本

    卷七十　宋本、明本

（三）（松虫）第479页（下）

朝踏落下相伴出，夕随飞鸟一时归。见于《白氏文集》六十六卷。

1　[日]太田次男：《白楽天》，集英社1983年版。

卷六十六　铜活字本、那波本

卷三十三　宋本、明本

（四）（邯郸）第494页（上）

一杯沆瀣云云，见于《白氏文集》六十九卷。

卷六十九　铜活字本、那波本

卷三十六　宋本、明本

（一）、（二）、（三）、（四）四例中，铜活字本与那波本的卷次一致。考虑到当时存在的全集本《白氏文集》，朝鲜铜活字本《白氏文集》作为被引用的文本应最为合适。

在此，笔者又联想到先前引用的藤本氏的"本书（笔者注：指铜活字本）恐为丰臣秀吉侵略朝鲜时带回之物"一文。秀吉在侵略朝鲜时，其手下诸将从朝鲜带回了许多珍贵的文物，其中无疑有大量的朝鲜版书籍。由于其中的一部分书籍被寄赠至古书爱好家秀次处，川濑一马对此推测道："参与编纂《谣抄》的公家和五山之众等曾借用秀次身边的和汉典籍作为参考资料。"[1]若该推测属实，那么便向人们暗示了朝鲜铜活字本《白氏文集》在日本的所藏之处。此外，川濑氏还推测称，秀次自尽后，《谣抄》的参考资料在混乱中或被留在了借用者各自的身边。

（八）铜活字本《白氏文集》的下落

大阪夏之阵后，丰臣家灭亡，元和偃武到来。一时天下太平，雌伏已久的日本出版文化史上的一大文化运动突然勃兴，该运动即所谓的古活字版刊行。对此，已有诸多先行研究提及，因此笔者将不再赘述。然而，笔者想要提及的是下面这位人士。

该人物便是在这场文化运动中为人所知的角仓素庵（1571—

---

1 ［日］川濑一马：《日本における書籍蒐蔵の歴史》，ぺりかん社1999年版。

1632）。素庵是当时的豪商。其刊行嵯峨本的事迹可谓众人皆知。然而，其晚年因患痼疾而不得不停止出席社会活动，但是笔者坚信那波道圆刊行古活字版时正是受到了素庵在学问上的帮助以及在经济上的支援。笔者正是在拜读了森铣三的这篇论文后才萌生了以上猜测[1]。

在该论文中，森氏介绍了素庵一生的活动及其晚年无法公开出席社会活动的原因。此外，森氏还提到了尊藤原惺窝为师的学术圈的存在，其中林罗山和那波道圆相继登场。而想必豪商素庵也在不知不觉中以其财力得到了秀次旧藏的铜活字本《白氏文集》并将其常置于案头。也许在素庵亲自刊行古活字版《史记》等书的过程中，铜活字本《白氏文集》的学术性得到了认可，并由圈内林罗山的得意门生道圆受命策划重刊。而刊行的条件仅有一个：序文等部分决不可提及与出版相关的内容，即底本的版本、出资者身份在当时皆未能公开。由于"角仓家在京都天明大火中不仅失去了家族的记录，还失去了来自南洋的舶来品"[2]，所以在那波本刊行后，该朝鲜铜活字本的传存最终画上了句号。

六

官版《白氏文集》

官版《白氏文集》（以下简称"官版"）刊行于日本文政六年（1823）。该书是中日两国最后出版的大集系整版本，并且其文本的价值可以与宋版相匹敌。然而，如下文所述，该书并未受到明清时代的《白氏文集》校勘学诸家关注，仅花房英树的《白氏文集的批判性研究》一

1　［日］森铣三：《森铣三著作集》第2卷，中央公论社1971年版。
2　［日］森铣三：《森铣三著作集》续编第3卷，中央公论社1993年版。

书对此进行了若干解说。

以下，笔者将重新对花房博士的解说进行分析，并对该书为何没有受到日本《白氏文集》校勘学的重视略述己见。

1. 文献情报

《白氏文集》，七十一卷，文政六年（1823）刊，三十册。四周双边，有界，9行16字，中本。版心粗黑口"白集×（页数）"。题写标签：上段横写"官版"，中段写"白氏文集　卷×"，下段写"×"（该数字表册数，即一至三十）。需要指出的是，第1册右侧记有"序目"，左侧记有"卷一、二"；第30册右侧记有"卷六十九之七十"，而左侧则同时记有"附一卷"，或可将其视为那波本卷七十一的附加之卷。此外，该书并无那波本中陶谷的《龙门重修白乐天影堂记》及那波道圆的《白氏文集后序》。

日本内阁文库（两部）、东京都立中央图书馆（特别买上文库·汉籍）、无穷会神习文库、庆应义塾大学斯道文库有藏。或由于弘化三年（1846）学问所发生火灾后，版木被烧毁，官版留下的传本数量并不多。《官版书籍解题目录》（樋口趋古移写，森约之注释本）中，烧版的书籍在其书名上方会被加上朱笔"○"印，而《白氏文集》有"○"印[1]。

2. 关于文本

花房博士注意到了日本东京国立博物馆藏林罗山手校的那波本注记，并对官版的文本系统进行了推测。为了行论需要，笔者将花房博士的说法浓缩为以下两点：

一是官版不仅在版式上基本依据那波本，其文本也同样如此。

二是为了补订那波本的讹脱，官版利用了上文提到的林罗山校本等

---

1 ［日］长泽规矩也、阿部隆一：《日本書目大成》第4卷，汲古书院1979年版。

书中取自旧抄本的校异注记。

以下，笔者将对上述两点逐一进行探讨。

（一）与那波本的关系

官版与那波本的版式相同，为每半页9行16字。笔者将在下文中对其文本的差异稍加分析。胡适在举例说明南宋本（绍兴刊本）的特点时，使用了《四部丛刊》所收《白氏文集》（即那波本的影印），并将其作为"日本本"。下文将使用其中的若干用例（详见胡适：《跋宋刻本〈白氏文集〉影本》）。

以下，将分别列举那波本（那）、官版（官）、南宋绍兴刊本（宋）、马元调本（马）的用例。"／"表示此处无文字。

《长恨歌传》

〈那〉	〈官〉	〈宋〉	〈马〉
① 列在清贵	●	贯	贯
② 为之侧目	●	／	／
③ 言记惆默	●	悯	悯
④ 不亦久人间	○●	●○	●○
⑤ 无尽期	●	绝	绝

《琵琶行》

⑥ 曲罢惆默	●	悯	悯
⑦ 犹抱琵琶	●	把	把
⑧ 冰下滩	○●	水难	水●
⑨ 凝绝不通	●	疑	●
⑩ 东船西舫	●	舟	●

若对以上10例进行分析便可发现，正如⑨、⑩所示，虽然马本偶尔也有与那波本一致之处，但官版与后者始终一致。从该处用例来

看，也可以得知官版不仅在版式上，还在文本上与那波本一脉相承。然而严格来说，由于那波本的底本是朝鲜本，所以有必要将官版与朝鲜活字本及同书的整版本进行对校。但是在文政年间，铜活字本和整版本即便与那波本相比也应当属于相当稀有的书，因此且不说将其作为校本中的一种，其底本本身恐怕都很难被采用。如下文所述，由于官版与校本有着直接或间接的关系，因此仍旧可以将官版的底本看作那波本。

（二）关于文本的补订

然而，即便结合上述情况对官版和那波本进行仔细对校，有时还是会出现不相一致的文字。而这些文字又可分为两个系统：一是与金泽本为代表的旧抄本相同的文字，二是与包括旧抄本在内的所有文本相异的文字。从上下文来判断，后者中的很多文字应当属于误刻。

首先，笔者将列举前者，即与旧抄本一致的用例。

刊本系统文本：〈那〉为那波本，〈官〉为官版，〈宋〉为南宋绍兴刊本。旧抄本系统文本：〈神〉为神田本，〈金〉为金泽文库本，〈管〉为《管见抄》。

1. 官版与旧抄本系统文本一致之例

《游悟真寺诗》（〇二六四）

	〈那〉	〈官〉	〈金〉	〈管〉
①	千里翠屏外	重	重	重
②	二叟鬓发班	斑	斑	斑
③	群飞千翩翩	下	下	下
④	五候三相家	侯	侯	侯

《貘屏赞》（一四二五）

	〈那〉	〈官〉	〈金〉	〈管〉
⑤ 寝其皮辟温		湿	湿	/
⑥ 自比徂南		北	北	/

《论太原事状》（一九五一）

	〈那〉	〈官〉	〈金〉	〈管〉
⑦ 缘兴辅光		绥	绥	/

《和栉沐寄道友》（二二五二）

	〈那〉	〈官〉	〈金〉	〈管〉
⑧ 由来朝庭士		廷	廷	/

《寄杨六侍郎》（三二二五）

	〈那〉	〈官〉	〈金〉	〈管〉
⑨ 一箸鲈鱼鲙		脍	脍	/

以上九例属于官版未继承那波本，而与金泽文库本、《管见抄》相一致的文字。除此之外，类似的例子还有不少。

2. 被认为是官版误刻的文字

接着，笔者将会对与诸本皆异而仅在官版中可见的文字进行分析。

	〈那〉	〈官〉	〈神〉	〈金〉	〈宋〉

《城盐州》（〇一三八）

	〈那〉	〈官〉	〈神〉	〈金〉	〈宋〉
① 蕃东节度钵阐布		番	●	/	●

《骠国乐》（〇一四三）

	〈那〉	〈官〉	〈神〉	〈金〉	〈宋〉
② 贞元之民若未安		苦	●	/	●

《村中留李三宿》（〇二六二）

	〈那〉	〈官〉	〈神〉	〈金〉	〈宋〉
③ 不道无亲故		新	/	●	●

《游悟真寺诗》（〇二六四）

	〈那〉	〈官〉	〈神〉	〈金〉	〈宋〉
④ 开张欲飞骞		帐	/	●	●

《真娘墓》（〇五九五）

⑤ 不识真娘镜中面　　　知　　　／　　　●　　　●

《长恨歌》（〇五九六）

⑥ 魂魄不曾来入梦　　　人　　　／　　　●　　　●

《动静交相养赋》（一四〇八）

⑦ 庄子曰智养恬　　　知　　　／　　　●　　　●

《泛渭赋》（一四〇九）

⑧ 发於嗟叹　　　难　　　／　　　叹　　　叹

⑨ 每三旬而一入　　　八　　　／　　　两　　　●

《伤远行赋》（一四一〇）

⑩ 惟母念子之心　　　毋　　　／　　　●　　　●

若对以上 10 例加以分析便可发现，①、②、⑥、⑧、⑨、⑩属于字形相近，③、④、⑦属于字音相近，⑤属于字义相近。10 例中的文字并非独特的差异，而应当分别属于形、音、义相近所造成的误刻。

如同这般的误刻在官版中随处可见。虽然该书基本以那波本为底本，并偶尔利用旧抄本系统的文本进行补订，但为数不少的误刻成了本书最为逊色的一面。

综上所述，笔者认为官版全卷依照的底本为那波本，但偶尔会采用旧抄本系统的文字。然而如下文所述，卷三十一的一五二五、一五二六、一五二七、一五二八、一五二九、一五三〇、一五三一、一五三二、一五三三（前半部分）这 9 篇作品在那波本中未见，而在官版中却得到了补充。该空白部分的文本属于朝鲜版（铜活字、整版本）系统，南宋绍兴刊本以及包括明版诸本在内的中国刊本皆有收录。

于是，笔者针对上述补充作品采用了何种文本这一问题，将官版与中国的诸刊本进行了比较，但并没有发现与其完全一致的结果。

然而，笔者在调查了罗山校本[1]、蓬左文库校本后[2]，发现两书分别在那波本卷三十一的空白处写有上述9篇作品。此外，通过纵观以上作品的文本，可以窥探出其拥有与现存的金泽文库本卷三十一最为接近的一面。而笔者在此处使用了"窥探"这一词语表达，与金泽文库本卷三十一的特殊性质有关。对此，太田次男博士进行过详细考察[3]。为了行论需要，笔者将在以下列举几个必要的论点。

　　一是罗山校本写成不久后的文本属于刊本（可能为北宋本）系统文本。如今将该文本暂称为"元金泽本"。

　　二是蓬左文库校本的文本受到了记有"折本"或"イ"（亦有未加以明记的情况）的数种校注的校订。出于校订关系，暂称该书文本为"嘉祯校订本"[4]。

　　以下，笔者将依据太田博士的观点，把金泽本卷三十一区分为元金泽本和嘉祯校订本。若将此二者与官版、宋版、马本进行比较，便会发现下列句子的明显差异。

〈嘉祯校订本〉	〈元金泽本〉	〈官〉	〈宋〉	〈马〉
（一五二五）				
① 从容于幕府上问	无	●	无	无
（一五二六）				
② 由潞入魏	四字无	四字同	四字无	四字无
（一五二八）				

1　〔日〕神田喜一郎：《林羅山手校の白氏文集》，《ミュージアム》第82号，1958年。

2　关于那波本校本的诸本，详见〔日〕花房英树：《白氏文集の批判的研究》，中村印刷出版部1960年版。

3　〔日〕太田次男：《白氏文集金沢文庫本私見—卷三十一を中心にして—》，《史学》第44卷第3号，1972年。

4　据后记中的"嘉祯二年（1236）三月廿五日比校与唐本讫"一文。

③ 是命之降 （一五二九）	四字无	四字同	四字无	四字无
④ 自家形国 （一五二九）	刑	●	刑	刑
⑤ 理同归抚字之	六字无	六字同	六字无	六字无

以上5例中，与官版一致的皆非元金泽本，而是校订时所使用的嘉祯校订本。其文本反映出的系统应当是旧抄本系统。此外，在以上引用的5例文字中，林罗山校本和蓬左文库校本将其写作正文，而并非校注的文字[1]。若从以上事实考虑，官版的校订者或使用了诸如林罗山校本乃至蓬左文库校本作为草稿。在官版全卷中，经常可见如①、④这般的一字校订，而像②、③、⑤之类的整句校订却几乎未见。综上所述，在那波本中空白，而在官版中得到补充的9篇作品的文本属于与旧抄本系统的嘉祯校订本相一致的特异文本。

太田次男博士在《金泽文库旧藏本白氏文集考》一文中对上文提到的林罗山校本进行了详细介绍[2]。据太田博士称，在林罗山以及整个林家所留下的校勘等注记中，并没有使用到金泽本文本，而是从金泽本的重抄本中转记而来的。换言之，以上提到的注记应当参考了通过旧抄诸本进行校注并施有训点的版本。

若结合以上事实，便可得出如下结论：官版的校订者在进行校订时，犹如林罗山校本乃至蓬左文库本一般，使用了那波本中来自旧抄本的校注和校异资料作为底本，虽然基本上承袭了那波本的内容，但偶尔会根据上下文而在文本中采用校注的文字。这一现象也可以通过以下的

---

1 但是，林罗山校本中的⑤句为正文上部余白中的注记，而在正文中可见对应的插入记号"○"。

2 详见太田次男的《金沢文库旧藏本白氏文集について》一文（小尾博士古稀記念事业会：《小尾博士古稀記念中国学論集》，汲古书院1983年版）。

调查结果得到反映。此次，笔者将平冈武夫、今井清校定的《白氏文集》中作为校注收录的二十一卷金泽文库诸卷与相对应的那波本、官版各卷进行了比较和对校。金泽文库诸卷即如下所示：第1册，卷三、四、六、九、十二、十七；第2册，卷二十一、二十二、二十三、二十四、二十七、二十八、三十一、三十三；第3册，卷三十八、四十一、五十二、五十四、六十五、六十八、七十。

比较的结果和笔者于上文中提出的见解相同，即那波本在与旧抄本和刊本校对时经常出现的一句或长达数句的脱落、差异，在官版中完全没有得到反映。因此，官版始终止步于对那波本范围内的部分文字的补订。

若对以上的私见进行再次整理，便可归纳为如下几点：官版的目的在于对那波本进行部分修正，而在制作《白氏文集》时，恐无追溯至旧抄本的意图。此外，由于全书始终贯穿着如上所述的不彻底校订，因而该书在整体上即便与明版诸本相比较，也只属于不过不失的善本。在诸本间的地位不定也使得作为校本之一的该书成了极难处理的文本。此外，该书在刊行后不久，其版木便被烧毁，从而使其在文献的流传上也出现了阻碍。上述背景更使该书被《白氏文集》的校勘诸家所忽视。

目前，被认为是官版底本的那波本校本的诸本以及以金泽文库旧藏本为代表的旧抄本系统资料已逐渐得到公开，而官版本身的价值也许难以得到积极评价。

（三）补记

对于森冈ゆかり（第1册）、今原和正（第2册）、汤浅吉美（第3册）3位学者校订的《白氏文集》中涉及本节内容的卷数，笔者首先调查了金泽文库本与那波本和官版的差异，并基于调查结果而执笔。

179

七

《白香山诗集》覆刻本

已故的长泽规矩也博士曾指出，清康熙四十二年（1703）序古歙汪氏一隅草堂刊本《白香山诗集》（清汪立名编《白香山年谱》、宋陈振孙编《白香山年谱旧本》、目录各一卷，《白香山诗长庆集》二十卷，《白香山诗后集》十七卷，《别集》一卷，《补遗》二卷）有覆刻本存在。

笔者曾阅览过日本东京都立中央图书馆藏本。对此藏本，长泽博士在其编纂的书的目录中记载道："清康熙四二序刊（一隅草堂，后修）。"据凡例推断，该书似为原刻后修本。然而据笔者私见，该书并非原刻的后修本，而应是覆刻后修本。为了确认这一见解的正确与否，笔者数年来对20余本《白香山诗集》进行了校阅，并再次确认了原刻本与覆刻本这两种刊本的存在。此外，笔者还在此次调查中发现了一种组合本。此书分为两半，前半部分至《长庆集》二十卷（以下略称"前集"），是覆刻的初印本，而后半部分的《后集》以及《补遗》二十卷（以下略称"后集"）属于原刻的后印本。为了论述需要，在此将其视作一本。

综上所述，若将笔者阅览调查的诸本以原刻或覆刻的基准进行分类，大致可归为以下3种：①甲本系——原刻本；②乙本系——前集为覆刻本，后集为原刻本；③丙本系——覆刻本。

然而，或许由于《白香山诗集》属于通行本，长泽博士并未具体言及将何本视为覆刻本。对此，笔者将会以具有典型性的3种本子为例，对自身调查中发现的误刻、墨格和白框等具体问题处进行分析论述。

甲本系：日本庆应义塾大学附属研究所斯道文库藏，九二一／卜一四一。原装（康熙编缀），原刻初印。夹板10册。有"庆应义塾大学／斯道文库藏书"之印。以下简称"斯道本"。

乙本系：斯道文库寄托坦堂文库藏，ホ九二一／二九。改装（入纸），前集为覆刻初印，后集为原刻后印。2帙24册。汉学者古城贞吉（字坦堂，1866—1949）旧藏本。有"古城文库"印记。以下简称"古城本"。

丙本系：庆应义塾大学名誉教授太田次男博士藏本，改装。一帙12册，覆刻早印。有5种印记，序首上方左右各捺二印，右"君堂"，左"字静安"。以下简称"君堂本"。

（下文中〈斯〉为斯道本，〈古〉为古城本，〈君〉为君堂本。）

卷次	页数、行数	〈斯〉	〈古〉	〈君〉
① 目录	十七才1	秋思	忠	忠
② 目录	五六ウ4	罢府归旧居	吅	吅
③ 目录	五六ウ5	问支琴石	门克	门克
④ 前集十一	九才1	树头子规鸣	鹖	鹖
⑤ 后集十二	十一ウ7	老更不禁愁	●	楚
⑥ 后集十七	五才1	清流浃浃响泠泠	●●	决决
⑦ 后集十七	五ウ8	除却朗之携一榼	●	猛
⑧ 补遗上卷	四才1	张为唐末江南人	●	未
⑨ 补遗上卷	五才3	吴改禾兴为嘉兴	●	木
⑩ 补遗上卷	五才4	吴王葬女	●	又

从以上引用可以明显看出，斯道本的文本在覆刻的君堂本中被误刻不少。此外，已在上文中说明的古城本虽然到前集为止都与覆刻的君堂本一致，但其后集却无一例外与原刻的斯道本一致。在此列举的用例因误刻而产生了鲜明的不同。若将其他细微之处全部包括其中，则其数量

会进一步上升。

接下去，笔者将会列举三书中所有的墨格和白框，并以此说明从中亦可看出同样的倾向。

卷次	页数、行数	〈斯〉	〈古〉	〈君〉
⑪ 年谱旧本	四才8	有■中作诗	■	病
⑫ 年谱旧本	四才9	未必作於■年	■	□
⑬ 年谱旧本	二八才8	德邵所为谱■		矣
⑭ 年谱旧本	二八才10	有不可枚举者■	■	□
⑮ 前集四	十二ウ1	客代剑讨告鸦九	■	●
⑯ 前集四	十二ウ5	监前王乱亡之由也	■■■	●●田
⑰ 前集四	十二ウ6	下流上通上下泰	■	●
⑱ 前集十一	九ウ9	时初除郎官赴朝	■	■
⑲ 后集二	十七才10	二人相顾言	●	■
⑳ 后集十五	七ウ10	居常寡徒	●	□

若仅从上述内容来看，区别三书并不容易。然而，只要同时对校三书便可发现，对于斯道本而言，古城本的前集和君堂本为其覆刻，而古城本的后集部分属于斯道本的后印本。因此，对古城本前集中的⑪、⑫、⑬、⑭、⑮、⑯的墨格部分进行补刻或施以白框的便是君堂本。作为证据，君堂本中补刻以及白框部分的颜色比起周围的刻字要稍浓，并且字体也因与前、后文不相协调而显得生硬。然而，正如例⑯所示，虽然君堂本进行了补刻，但"由"字被误刻为"田"字的疏忽可谓恰好反映出了当时匆忙补刻的过程。附带一提，⑮、⑯、⑰中的补刻在笔者所藏的一本（全册文本属于覆刻本，缺年谱一卷）中为墨格而并未受到改动。

除了以上20例以外，另有个例能够简单判明原刻与否的区别。

新乐府（四二）《隋堤柳》（前集卷四）末句下的汪立名对于异文的

指摘便属该例。

㉑一本缀旒下多炀天子自言欢乐殊无极岂知明年正朔归武德

在后印本（市河宽斋旧藏日本内阁文库藏，三一二/一九七）中，带"○"3字的大部分都从版木上剥落，只有带"△"的"武"字上半部分还可以勉强辨别出残缺的几画。而在覆刻的君堂本中，以上4字完全从注文脱落而不见踪影。该异文引自《文苑英华》卷三三七[1]。

此外，《以诗代书酬慕巢尚书见寄》（后集卷十七）的诗题原注也是一例。

㉒慕巢书中频切归休结侣之意故以此答

带"○"5字在斯道本、古城本中相同；而覆刻的君堂本中却作"摹写书中频行酬慕"，5字皆遭误刻，而文不成义。此处无疑也显示出覆刻中改刻的事实。

从以上22处差异的分析可知，《白香山诗集》存在3种文本：原刻本、覆刻本以及由二者组合而成的文本。然而，在笔者确认过的20余本中，由原刻和覆刻组成的文本仅古城本一本而已。该书前、后集的纸质相同（但前集的纸张因遭到日晒而比后集更为发黑。在这一点上，前、后集差异明显），而后集虽说为后印本，但相较之下印刷的精细程度更为良好，因此也可以将其认为是单纯的组合本。然而，目前最容易入手的中华书局排印本《白香山诗集》（《四部备要》本）或为与古城本属同一系统却独立流传的另一种版本。当然，在中华书局以铅印进行翻刻时，其所用底本中的误刻虽然得到了部分修正，但②、③的误刻和⑪、⑫、⑬、⑭的墨格（排印本皆变为了白框）完全与古城本一致。此外，㉑的异文在排印本中作"一本缀旒下多炀天子自言殊无极岂知明年正朔归"，缺失了作为原刻初印本的斯道本中的"欢乐""武德"4字。

---

1 ［日］太田次男等：《神田本白氏文集の研究》，勉诚社1982年版。

并且，中华书局本在属于后集的㉒的原注和⑤、⑥、⑦、⑧、⑨、⑲、⑳的例文处皆与原刻的斯道本以及古城本完全一致。此种前集与覆刻本一致，而后集与原刻本一致的特色无疑来自古城本。如此看来，排印本《白香山诗集》全书依照的并非都是原刻本。

此外，笔者得见的原刻后印本和覆刻本皆缺失补遗上卷第12页。作为原刻初印本的斯道本有此页，在该页正面第1行可见"白香山诗集补遗卷上"的尾题。后印本恐出于经济方面的原因而将与文本无直接关联的该页剔除，这一形式也被之后的覆刻本继承。虽然这不能成为识别异版的关键要素，但至少能够作为一项判断基准。

《白香山诗集》一书存在着上述的覆刻本，并且覆刻本中存在着诸多误刻[1]。此外，虽然笔者在本论中省略了说明，但需要指出的是，覆刻后修本的补刻版的劣质程度可谓令人难以置信，并且作为文献是有缺失的。同时，即便是原刻本，也随着后印本而出现越发严重的文字磨灭。由于后印本失去了被誉为精刻的康熙年间写刻本的秀丽之处，所以笔者强烈希望原刻初印本能够影印刊行。

八
《白香山诗集》石印诸本

笔者曾在刊登于《汲古》第7号（1985年）的文章中提到，清汪立名刊行的《白香山诗集》除了原刻本之外亦有覆刻本存在，此外还有原刻本和覆刻本的组合本。在那之后，笔者在古书店购入了偶尔目睹的石

1　关于《白香山诗集》的著作信息和解题，可参考花房英树的《白氏文集の批判的研究》（中村印刷出版部1960年版）和近藤光男的《四庫全書総目提要唐詩集の研究》（研文出版1984年版）。

印诸本，并对其进行了些许分析。由于笔者从分析的结果中发现了若干问题，所以决定在本节中略述己见。

最近各地的图书馆、文库等机构陆续出版了汉籍目录。笔者虽然也受其福泽，但对于著录本的记载事项却存有若干疑问。"石印本"这一术语便是其中之一。换言之，仅凭"石印本"并不一定能够得知该书所用底本具体为何。对此，笔者曾撰文对自诩依照原本却与原本特质相异的5种石印本的存在进行了报告[1]。然而，由于笔者未在当时对"石印本"的定义加以说明，所以决定借此机会试以《白香山诗集》为例加以补充说明。

据长泽规矩也博士称，《白香山诗集》曾有两种文本在市场上流通：一是清末至民国时期，基于因科举废止而失业的知识分子受雇而写的底稿制成的石印本；二是民国10年（1921）后，以该底本的照片为底本而制成的照片石印本[2]。这两种文本通常被混为一谈而使用，因此造成了石印本被视为劣质文本的代表而遭到轻视。诚然手写形式的石印本确实令人不得不承认其错字之多，但在几乎无法入手原刻本的时候，基于原本照片制成的石印本成了能够以廉价入手又兼具价值的文本。

因此，在制作目录时，若将本来以手写的底本制成的"石印本"和以照片为底本而制成的"照片石印本"加以区分，或许目录的实用性亦能够得到增强。

以下有几种文本：(a) 原刻〔后印本〕；(b) 原刻〔早印本〕；(c)（笔写）石印本〔甲本〕；(d)（笔写）石印本〔乙本〕；(e)（照片）石印本；(f) 排印本。

1　详见拙作《胡刻本文選の石印本について》（《帝塚山学院大学研究論集》第30号，1995年）。

2　［日］长泽规矩也：《古書のはなし—書誌学入門—》，富山房1976年版。

（一）原刻与覆刻间明确的异文

照片共计6张，笔者将对其中新乐府《隋堤柳》末尾的双行小注进行比较。

一本缀旒下多炀天子自言欢乐

殊无极岂知明年正朔归武德

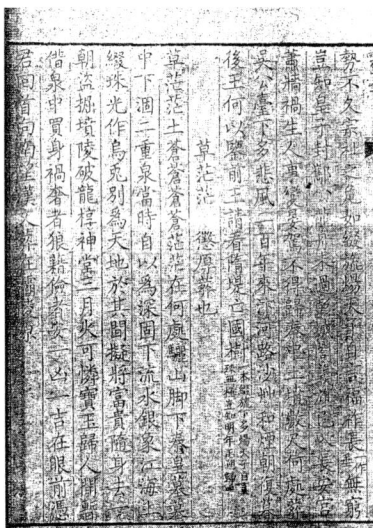

（a）原刻〔后印本〕

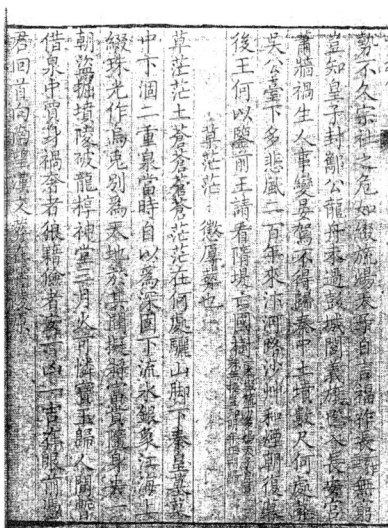

（b）原刻〔早印本〕

（c）（笔写）石印本〔甲本〕　　　　（d）（笔写）石印本〔乙本〕

（e）（照片）石印本　　　　（f）排印本

　　以上引自《文苑英华》卷三百三十七。其中附有"·"之处即为各本的差异。

　　这一来自《文苑英华》的引用作为中国现存的文本十足珍贵，因为其显示出与日本残存的旧抄本有相通之处。太田次男博士在以下的引文中对该句所在的旧抄本和刊本处进行了校异。

"炀天子自言福祚长无穷"，英华本、庆安刊本在"炀天子"3字前有"天子自言欢乐无极岂知明年正朔归武德"17字，宋本等刊本诸本脱，神田本、上野本、御物本、小汀一本等旧抄本皆有此17字。《讽谏》本"末"作"无"。"长"，宋本等刊本、《乐府》本同；《英华》本（校注："集作长"）、《讽谏》本、庆安刊本作"垂"；原神田本作"长垂"，"长"字校删；上野本、东洋文库本、御物本、小汀一本等旧抄本皆同作"垂"。

关于旧抄本与《文苑英华》的文本间有多数一致之处的现象，和田浩平曾撰文论述。

言归正传，《汲古》第7号刊登的3张照片中，①为原刻早印本，②为覆刻后印本，③相当于覆刻早印本。在照片与书影的关系上，②与（a），③与（b）相一致。

附有"·"处的"欢乐""武德"4字在原刻早印本中明确存在。在原刻后印本的②和（a）同处，虽然"武"字的上半部分模糊不清，但能够勉强判读。然而，在覆刻的③和（b）处，该字却完全消失。

在石印本（e）中，带"●"4字赫然在目。虽说该书为石印本，但其作为原刻早印本，具有很高的文献价值。需要指出的是，笔者在此处使用了若干诸如"早印本""后印本"的不准确表达，其理由如下。

事实上，目前存在着应当被称为原刻初印本的书籍。坐落于日本千叶县成田市的古刹新胜寺的佛教研究所所藏的金子彦二郎博士的旧藏本即为该书。书中并未存有成为文本问题点的"一本缀旒下多炀天子自言欢乐／殊无极岂知明年正朔归武德"这一小字双行注。此外，若仔细阅览上文提到的①的实物，便可发现其中的同注下部出现了稍许倾斜的痕迹。造成这一现象的原因也许是由于金子博士旧藏本在最初得到印刷后

（原刻初印本），注意到同注的脱落，从而进行了挖版（原刻早印本）。然而，随着印刷次数的增多，挖版处的一部分出现了剥落（原刻后印本），而覆刻本则是剥落处在重雕时最终没能引起注意而诞生的版本。此处，笔者是为了区分以上三书而姑且使用了这些名称。

排印本（f）中，同注的脱落也尤为明显。因此，正如笔者在《汲古》第7号的文章中提到的那样，该排印本属于组合本，其后集的底本为原刻本，而前集则为覆刻本。此外，从同注的文本来看，（c）、（d）两种石印本所据底本也有很大可能是覆刻本。

（二）造成差异的原因

通过上述考察，笔者对《白氏文集》旧抄本和刊本诸本文本间复杂的交错进行了分析。就其结果而言，虽然同为《白氏文集》，但旧抄本与刊本的文本之间无疑存在着可谓"断绝"的改变。那么这一"断绝"是怎样造成的呢？太田次男博士认为，宋代与唐代在语言感觉上相异，而校订者尝试创造新文本的姿态或许是造成上述现象的理由之一。

在太田博士的宝贵意见之外，笔者想再提出一己私见：《白氏文集》由写本向刊本变化的过程，或正是其文本发生变化的原因之一。在说起唐代文化时，印刷术及其起源会被反复提及。确实，在唐代前期已能够确认印刷术的存在，但当时的这些印刷物属于日历、字典类的实用书籍乃至以供养为目的的佛典等，而真正意义上的佛典以外的书籍，如经部、集部的图书，在唐时依然是以写本的形态流传。因此，《白氏文集》的唐代文本应当是写本。

以经部、集部为中心的文本正式得到印刷是北宋时期的事，在南宋之后，这一现象更为明显。而现在的刊本则被认为是来自这些（北、南）宋本。在此，若仅就《白氏文集》的系统而言，便可分成以下两大系统：源自于唐抄本的旧抄本文本（平安时代文本）和源自于宋刊本的刊本系统文本（流通本系统）。

虽然在中国，作为底本的唐抄本无关以上刊本成书与否，在短时间内丢失了其大部分内容（敦煌写本群可称为例外），但由遣唐使带至日本的唐抄本却因日本对于中国文化的尊重而以旧抄本的形式得以保存，并且在宋刊本传入日本后也未散佚而传存至今。

如上所述，日本的旧抄本文本与刊本出现之前的唐抄本有着直接联系。换言之，虽然在书籍形态从写本向刊本转化的过程中，宋刊本的文本发生了大幅度改变，但日本传存的旧抄本资料却并未受到影响。

若以上的假设属实，日本现存的《白氏文集》文本中便有上述两种系统的文本。

笔者认为，从这两种系统的宏观视角出发，将混有不同文本的诸本一一剖析并确定旧抄本的文本后，再以《文苑英华》为参照，追溯唐抄本的原型，便能够使复原唐代《白氏文集》原本的可能性浮出水面。

附 篇

一

日本传存的汉籍资料——旧抄本

2008年被认为是《源氏物语》诞生1000周年。因此，举行的《源氏物语》论坛和公开讲座涉及了诸多方面，并呈现出前所未有的活力。至今，笔者仍然对此记忆犹新。已故的西乡信纲曾说过："若紫式部没有深刻理解以《白氏文集》和《史记》为代表的中国文学，便恐无法写出流传至今的《源氏物语》。"[1]

正如西乡氏所说的那样，汉籍对日本的文学、思想造成了长期广泛且深远的影响。这也恐怕是一个众人皆知的事实。然而，因近来"东亚文化圈"的文学交流将视点设定为"从比较到共有"，因此有观点认为新的文学课题正在诞生。

其中的课题之一便是笔者考虑在本稿提出的"旧抄本与唐抄本"。以下，笔者将对该课题的意义略加分析。

（一）关于"旧抄本"的定义

事实上"旧抄本"这一用语的原意与我们所设想的现行日本汉籍书志学中的定义并不一定相同。对此，笔者将引用《日本古典籍书志学辞

1　［日］西乡信纲：《詩の発生》，未来社1964年版。

典》中的解说试以证明[1]。

"抄本（钞本）"一词，与日语的"写本"相当，指手写的书籍。书写时间确定的书籍会被称为"某某抄本"，时间不明而书写年代较为久远的则会被称为旧抄本。

对于上述定义具体的差异，笔者将在下文中进行详述。首先，还是来看一下相对于《日本古典籍书志学辞典》的我们的定义。

旧抄本为手写的古时的抄本。其书写时间介于奈良时代至室町时代。其直接的文本属于在日本书写的汉籍资料，而其来源则是唐代以前的遣唐使等带至日本的唐抄本。

若对上述两种定义进行比较便可发现，二者最大的差别在于书写时间和直接的底本是否受到限定。我们认为旧抄本是以唐代前在中国书写的资料为直接底本而在日本受到重抄的文本。那么，为何有必要进行上述的定义呢？

（二）旧抄本资料的特异性

现在，旧抄本资料中最为著名的两种资料为金泽文库旧藏本《文选集注》和《白氏文集》。"文选学"的泰斗斯波六郎博士和研究《白氏文集》的权威太田次男博士的两种论著对旧抄本的卓越文本进行了透彻的分析[2]。虽然笔者熟知以上两位学者的大作，但长久以来并未将其作为课题。而与为人知晓的镰仓时代初期歌人藤原定家（1162—1241）的《奥入》的邂逅，最终成了笔者开展研究的契机。

1　[日]井上宗雄等：《日本古典籍書誌学辞典》，岩波书店1999年版。

2　[日]斯波六郎：《文選李善注所引尚書攷証》，汲古书院1982年版；[日]太田次男：《旧鈔本を中心とする白氏文集本文の研究》，勉诚社1997年版。

（三）《奥入》所引《长恨歌》

针对《源氏物语》的文本，《奥入》引用了或为其出典的和书或汉籍。其中，明记为《长恨歌》的达5处，并分别摘录了对应《源氏物语》各文的《长恨歌》文本。其中，成为问题的是《葵》中的一文。

光源氏在妻子葵之上去世后，离开了宅邸。随后，其岳父左大臣发现废纸上留下了以源氏的笔迹写下的"旧枕故衾谁与共"之句而深感悲伤。《奥入》如下写道："长恨哥'鸳鸯瓦冷霜华重旧枕故衾谁与共'。"

相对于以上的引用文，现行的宋版系统《白氏文集》文本作"鸳鸯瓦冷霜华重翡翠衾寒谁与共"，二者在加点字处相异。

下面，再让我们来看一下两种《源氏物语》校注书的解释。

山岸德平校注《源氏物语》（旧版《日本古典文学大系》，岩波书店，1958年）补注三〇六（第1册，第437页）："《长恨歌》的流通本中有作'鸳鸯瓦冷霜华重，翡翠衾寒谁与共'。平安时代时恐有作'旧枕故衾谁与共'的本子。"

阿部秋生、秋山虔、今井源卫校注《源氏物语》（《日本古典文学全集13》，小学馆，1972年）头注一二（第2册，第58页）："'鸳鸯瓦冷霜华重，旧枕故衾谁与共'（白乐天《长恨歌》）的'旧枕'句在《白氏文集》通行本中作'翡翠衾寒谁与共'。……为玄宗皇帝悼念已故杨贵妃之句。"

以上观点认为，《源氏物语》中《葵》的"旧枕故衾谁与共"一句为《长恨歌》旧抄本系统的文本，而该句的日语训读被《源氏物语》原原本本地采用。对此，无论哪个校注者都仅仅指出，流通本（刊本系统文本）《长恨歌》的同句作"翡翠衾寒谁与共"，与《源氏物语》相异。然而，该差异恰是证明《长恨歌》乃至《白氏文集》存在旧抄本系统文本（旧枕故衾）和刊本系统文本（翡翠衾寒）这两种不同文本的绝佳示例。

专攻日本文学的丸山キヨ子指出,《长恨歌》中的该句拥有两个系统相异的文本,即金泽文库本《白氏文集》以及《管见抄》本所属的旧抄本系统和以宋本、那波本《白氏文集》为中心的刊本系统。此外,丸山氏还条理明晰地证明了"旧枕故衾"属于中国传来的文本,并且为紫式部所亲眼看见。然而,丸山氏却因某种原因在论文中并未对旧抄本系统和刊本系统的文本是否相异加以说明。对此,笔者将在下文中略作分析。

(四)旧抄本与刊本

2世纪初叶,中国东汉的蔡伦成功改良了纸张并使其实用化。即便如此,书籍在很长一段时间内仍然通过书写流传。据至今为止的研究推测,印刷术应用于书籍大约在唐代前期。

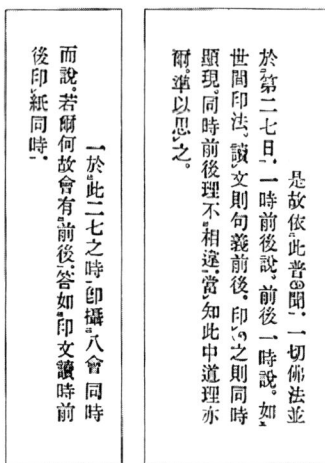

(左)《华严经探玄记》(《大正大藏经》第35册)
(右)《华严五教章》(《大正大藏经》第45册)

以上书影为神田喜一郎博士针对中国印刷术的成立时期而列举的两种资料。通过法藏(唐代诗人)所著二书,神田博士阐明了佛典的印刷始于唐初。

相关研究认为,首先得到出版的是佛教经典。佛经以及属于实用书籍的日历、字典类以外的书籍得到出版,则应始于10世纪前半叶的五代之后。而在此之前，这类书籍是通过书写传播的。若对《白氏文集》的文本进行确认，便可发现由于白氏是唐代中期的人物，因而其作品也无疑通过书写流传（但是，在中日两国的论文中时常可以看到主张《白氏文集》从起初便得到印刷的观点。对于持上述说法的论文，笔者认为有进行必要讨论）。换言之，虽然印刷这一技术在唐代已经存在，但其使用范围还未波及诸如《文选》《白氏文集》等真正意义上的佛典以外的汉籍。

进入北宋后，被印刷的书籍即刊本终于出现并取代了从前的写本形态的图书。然而，北宋时期诞生的刊本只能被称为过渡期的产物，刊本开始占据图书形态的主流则要到以江南地区财力而撑起的南宋时代。

如上所述，一方面，现行汉籍文本的祖本作于宋代，始于宋（北宋、南宋）版，而基于南宋版。并且，这些宋版由于得到国家的支持，而被认为受到了优质的校订。此外，书中的刻字端正，宋版至今仍旧作为值得信赖的文本而受到高度评价。另一方面，由于宋版的出现，作为其底本的唐代写本，即唐抄本，便被认为失去了存在的必要性而急速消亡。

现存的唐抄本仅有 20 世纪初叶从西域边境发现的敦煌写本等书籍。然而，敦煌写本等唐抄本虽为珍贵资料，但其大部分接近于断简残编，因此在以宋版为学术研究基础的中国未必属于主流。日本自从奈良、平安朝初期便由遣唐使或留学僧从中国带回唐抄本。这些唐抄本中存在经过反复传抄而传存至今的资料。换言之，被称为"旧抄本"汉籍的书籍即为这一资料群。

据近期的研究成果显示，这些旧抄本写本群的直接底本被认为是唐时通过书写流通的唐抄本。日本现存的唐抄本多附有古训点，并由博士家、寺院世代流传诵读至今。此外，先行研究还解明了以下内容。如上所述，宋本虽然被认为是直接使用了"唐抄本"作为底本，但在将其与旧抄本《白氏文集》以及《文选集注》进行校勘后，令人意外的事实浮出水面：若对拥有同一文本的旧抄本写本和刊本内容进行仔细研究，便会发现二者的文本之间存在着可谓断代级别的差异。此外，写有刊本以前的文本的旧抄本虽然有诸多缺点，但保留了原文本的形态和文字。尤其是传至日本的旧抄本由于日本对中国文化的敬畏而免于受到肆意的窜改，从而忠实地保留了唐抄本的文本。如此，反而令人萌生了以下推测：从文献角度来看，属于完成品的宋刊本在从写本转变为版本的过程中，其文本发生了超乎预期的误刻乃至改变。

（五）杨守敬和罗振玉的登场

通过平安前期的藤原佐世撰述的《日本国见在书目录》，几乎可以了解到所有传至日本的唐抄本乃至属于传写本的旧抄本诸本。然而，书中记载的不少书写资料也随着时间的流逝，或在战火中烧毁，或受到灾害侵袭而逐渐消失。直到江户时代后期，以狩谷棭斋（1775—1835）为代表的汉学考证学者才注意到了这一走向灭绝的资料群文本所拥有的特异性。由这些学者编辑的《经籍访古志》便是其成果。编者中最为年轻的森立之（1807—1885），曾与作为明治前期驻日公使何如璋的随行人员来日的杨守敬（1839—1915）见面。在森立之的引导下，杨守敬第一次目睹到了日本传存的旧抄本和宋元版等善本。随后《日本访书志》、《留真谱》（初编、续编）和《古逸丛书》等著作的刊行便是其显著的业绩。在杨守敬之后，日本传存的善本越发受到中国学者的注目。其中首屈一指的人物便是罗振玉（1866—1940）。辛亥革命爆发后，罗氏受到当时京都帝国大学文学部教授兼中国学大家的邀请，前往古都京都，在那里滞留了8年左右。通过与发现敦煌本的伯希和的交流，罗氏很快认识到了敦煌本的珍贵性〔《鸣沙石室古籍丛残》（1917年）影印了敦煌本中的精华资料]。

罗振玉熟知唐抄本作为文献的卓越程度，这也使得他比任何人都能够正确理解京都传存的旧抄本的价值。回国之际，罗氏卖掉了其住所，并以所得款项委托京都大学的诸氏完成旧抄本的影印工作。而最终的成果便是特大本全十集的《京都帝国大学文学部景印旧钞本》。

如上所述，中日两国相互的学术交流正是日本旧抄本研究的基石。

在有关佛教书籍以外的汉籍校勘学领域，第二次世界大战后的日本将重心放在了前文所提到的历史悠久的旧抄本与受到高度评价的宋版本的校对上。目前的结果显示，旧抄本（即唐抄本）与宋版间存在着可谓断代程度的文本差异。此外，即使在刊本出现之前的旧抄本文本中，存在误写等诸多缺点，但与宋版相较之下，前者被认为保留了更为接近原本的编次和文本。换言之，已经提出的中间报告称，中国已经消亡的唐抄本文本或遗留于日本传存的旧抄本中。然而，着眼于旧抄本与唐抄本两方的研究业绩却十分地稀少。

石浜纯太郎和神田喜一郎从早先便开始主张敦煌本和日本旧抄本的近似性。对于日本大量的旧抄本和敦煌出土的虽为断简残编但为数很多的唐抄本而言，通过有关二者研究的互相交流，或许会在汉籍四部中成立一门新的校勘学，从而复原在中国已佚的唐抄本。

（六）附记

周勋初将其编选的《文选集注》命名为《唐钞文选集注汇存》。然而，陈翀在《〈文选集注〉之编纂者及其成书年代考》一文中提出卓论，认为该书应当是在日本制作的。陈氏的考论言之有理。

（七）追记

斯波六郎的《文选索引》（李庆译，上海古籍出版社 1997 年版）中

197

也收录了有关旧抄本的考论。此外，太田次男的《关于〈白氏文集〉旧抄本的总论》（陈捷译，《版本目录学研究》第二辑，国家图书馆出版社2010年版）一文也极具参考价值。

二

静嘉堂文库所藏《白氏六帖事类集》解题

《白氏六帖事类集》，三十卷，唐白居易撰，北宋刊，宋元递修，元末明初印，十二册。

该书被认为是中唐文人官僚白居易所撰述。一般认为该书是全30卷的类书。该书影印本文本卷头被标记为"白氏六帖事类集"，又称《白氏六帖》。一方面，作为唐代四大类书之一的该书，不仅是中日两国白居易文学思想研究的一手资料，更凭借其所收资料的丰富程度在近时格外引人注目。另一方面，人们从未停止研究本书是否为白居易所撰这一根本性课题。以下，笔者将试对该书作为类书的特征稍加论述。

（一）《白氏六帖》的成立

实际上，不仅在《白氏文集》（七十卷本）中没有出现《白氏六帖》这一书名，被认为是白氏逝世不久后，由李商隐所执笔的《唐刑部尚书致仕赠尚书右仆射太原白公墓碑铭并序》（《唐文粹》卷五十八）中也仅记载白居易的作品集有"集七十五卷"，并未提到《白氏六帖》的存在。该书名首次出现于被认为是白氏自撰的《醉吟先生墓志铭》（以下略称《墓志铭》）中，其中的"事类集要三十部，合一千一百三十门，时人目为《白氏六帖》，行于世"一些表述便是其证。在《墓志铭》之后的文献中，仅有唐末的《资暇集》[1]和五代的《南部新书》[2]提到了《白氏六帖》。《墓志铭》作为白居易生前的自撰作品而广为人知。然而，关于该资料的真伪问题，目前学者们的意见仍旧不一。

若《墓志铭》属于伪作，那么《白氏六帖》的伪撰说便会一举成为有力说法。姑且不提有关前者真伪的说法，笔者曾对证明《白氏六帖》真实存在的两种资料作过报告，即花房英树提及的刘轲的《牛羊日历》和盛均的《十三家帖》。[3]

刘轲和盛均虽然是几乎与白居易同一时代的人物，但是若将上述两种资料视为白氏生前的资料而对其进行文献批判，似乎都缺乏根据。

针对前者刘轲的《牛羊日历》，《新唐书·艺文志》著录道："刘轲《牛羊日历》一卷，牛僧孺、杨虞卿事。檀栾子皇甫松序。"

然而，据近时王梦鸥的《牛羊日历及其相关的作品与作家辨》和渡边孝的《〈牛羊日历〉作者考》这两种研究称，该书是伪托中唐时代以史官闻名的刘轲的赝作。该书被认为是在牛李党争的漩涡中诞生的怪文小说，其目的是为了中伤各党派的要人。因此，我们不能断言《牛羊日历》中的"乃白居易六帖以为不语先生"一句出自白居易生前的史官刘轲之口[4]。

此外，《新唐书·艺文志》的"类书类"又针对后者盛均的《十三家帖》如此著录道：

---

1 《资暇集》所引作"白家六帖"。

2 关于《资暇集》《南部新书》的引用，参照《白孔六帖》库目提要。

3 ［日］花房英树：《岑仲勉氏の「白氏長慶集研究」について》，《西京大学学術報告人文》第2号，1952年。

4 关于史官刘轲，详见吉川忠夫的《劉軻伝—中唐時代史への一つの試み—》一文。

《元氏类集》三百卷，元稹。

《白氏经史事类》三十卷，白居易。一名六帖。

……

盛均《十三家帖》。均，字之材，泉州安南人，终昭州刺史。以白氏六帖未备而广之，卷亡。

作为盛均的《十三家帖》注文而写下的《白氏六帖》的语句属于《新唐书·艺文志》的注文，而非出自盛均自身之言。

盛均在大中十一年（857）成为进士。[1]然而笔者认为，若从《新唐书》成书的时期来看，以上的记述与盛均在世时间隔了约200年，并且由于以与《白氏六帖》相关的内容为注文，所以很难将其视为盛均本人的发言。

对以上私见进行整理后的结论如下：只要对现存的各种资料进行批判性分析，便会发现"白氏六帖"这一书名在白居易生前从未出现。那么，我们应当对先前引用的各种资料中最初出现"白氏六帖"书名的《墓志铭》一例作何理解？依笔者私见，《墓志铭》也应当属于伪作。若该作属于伪作，那么《白氏六帖》和《墓志铭》又为何被制作成宛如"自撰"的作品呢？笔者将在下文中略述己见。

（二）关于白居易的卒年

白居易作为中唐屈指可数的功成名就的文人官僚而广为人知。然而，在对其卒年进行调查后，笔者发现了一个令人感到诧异的问题：白氏的卒年各种记载有不一致之处。究其原因，则在于各资料的记述并非一致。以下，笔者将列举调查过的3种资料。

1　徐松撰，孟二冬补正：《登科记考补正》，北京燕山出版社2003年版。

① 李商隐《唐刑部尚书致仕赠尚书右仆射太原白公墓碑铭并序》：年七十五，会昌六年八月薨东都。

② 《旧唐书》：大中元年卒，时年七十有六。

③ 《新唐书》：会昌初，以刑部尚书致仕。六年，卒，年七十五，赠尚书右仆射。宣宗以诗吊之。

在上述3种资料中，写作时期最为接近的是李商隐的文章。其中记载白氏于会昌六年八月去世，"年七十五"。而《旧唐书》则称其死于"大中元年"，享年七十六岁。《新唐书》则仅透露出其死于"会昌六年"，而并未明记月份。在比较三者之后，可以发现虽然相互的差异十分细微，但作为文人官僚的白居易在生前无疑是一位家喻户晓的人物，其死后也应如此。因此，以上有关白居易去世的记述多少令人感到有些不自然。

若将目光投向白居易去世的当时，便会发现一场巨大的政治转变正在爆发。会昌六年（846）三月，下令彻底镇压佛教的武宗暴毙。同年四月，武宗的叔父兼佛教的忠实信徒（光王）宣宗迅速即位。面对上述事实，我们应当作何理解才较为妥当呢？正面回答这一难题的考论陆续得到了发表。陈翀的一系列有关白居易的论稿便属此内容。[1]以下，笔者将在陈氏考论的基础上加以私见，尝试还原白居易晚年最后时期的状况。

（三）晚年白居易

白居易在其晚年勉强躲过了牛、李两党掀起的朝廷内部的激烈的权力斗争。然而，因潜心佛教世界而自称"香山居士"的诗人白居易却遭遇了震动中国佛教界的"武宗灭佛"。

1　陈翀：《『政事要略』所收の「白居易伝」を読み解く》，《白居易研究年报》第10号，2009年；陈翀：《新校〈白居易传〉及〈白氏文集〉佚文汇考——以日本中世古文献为中心》，《文学遗产》2010年第6期。

陈翀提出的新见解认为，面对第十五代皇帝武宗（840—846）的废佛令［会昌二年（842）三月至六年三月］，白居易或于会昌五年十月十五日遭到了打压。

我们熟知白氏以"优哉游哉，吾将终老乎其间"（《池上篇并序》）的境地迎来晚年而去世。对此，由陈氏提出的白氏晚年最后时期的悲剧，诚可谓惊天动地的见解。对此，陈氏提出了两种中日两国的资料。中方的资料为南宋曾慥（1086—1155）的《类说》卷三十二的《银佛》一文，而日方的资料则为平安中期的明法博士惟宗允亮的《政事要略》卷六十一所引《白居易传》。若对上述两种资料加以分析，便可得出如下结论：在武宗对佛教的镇压几近猖狂的会昌五年十月左右，白居易因有藏匿银佛像的嫌疑而被奉武宗之命的宦官等抄家，因此失去了其多年收藏并书写的大量书稿、原稿。

会昌六年（846）三月，武宗暴毙后，其叔父光王在四月以宣宗（846—859）的身份即位。作为佛教的信徒，新天子立即下令复兴佛教，再兴全国各地的名刹并解禁盛大的供养。其间有两个关于白居易的事件值得注目：一是宣宗下令调查遭到洗劫的白居易宅邸，二是咏读了悼念白居易之死的诗作[1]。

虽然白居易受到武宗打压确实令人心酸，但从武宗的继承者宣宗的立场来看，此事并不能公开说明。然而，因白居易而得救的宣宗以其他行动表达了对白居易的哀悼[2]。作为天子，他为白居易咏读了吊唁诗，而这在以前是不被惯例所允许的。此外，他还整理了白居易宅邸被洗劫后残留下来的诗囊和诗文等物，并认为白氏应当永垂青史。换言之，《白

1　《唐摭言》卷十五所引《白居易》诗。

2　陈翀认为会昌年间的废佛令对佛家实施镇压的背后，实际上隐藏着围绕皇位继承的阴险斗争，他还列举了《佛祖统纪》卷四十二中的记录。详见陈翀的《白居易の文学と白氏文集の成立》（勉诚社2011年版）。

氏六帖》确有必要伪装成白居易自撰的作品。

而为了隐藏本书是伪作的事实所作的文章应当正是《醉吟先生墓志铭》。由于白居易之死在当时是公开的秘密，上述苦肉计一般的举措恐是在时任宰相白敏中等人周密的考虑下进行的。

(四)《白氏六帖》刊本的成立

自东汉蔡伦成功使纸张实用化以来，书籍本身便长期依靠手写传播。印刷术应用于书籍则被认为是唐代前期左右的事。书籍的印刷化虽然始于唐代，但得到印刷的书籍却仅限于传播外来思想的佛典或历书、实用辞典等日常浅显的书籍，诸如"五经"或史书等中国真正意义上的图书依然是通过书写而流传。进入五代后，由冯道（882—954）首倡而刊行的"九经"被认为是最初的木版印刷书籍。此外，后蜀孟昶在位时的广政十六年（953），宰相毋昭裔刊行了《文选》、《初学记》和《白氏六帖》[1]。其中，《白氏六帖》被认为是后世作为抄本流传的最初刊本。该毋昭裔刊本《白氏六帖》的版木由孙子克勤于大中祥符八年（1015）献给皇帝，并于天禧五年（1021）重印[2]。通过静嘉堂本的缺笔可知，该本当属仁宗（1023—1063年在位）年间刊本。从这一事实出发，便可以简单地推测出静嘉堂本的底本为毋昭裔本。

如上所述，目前所知的北宋时期的《白氏六帖》至少存在两种。而自从南宋本出现后，除了天理图书馆所藏傅增湘旧藏完本以外，另有3种相异版本的残页亦为人所知。针对上述诸本，阿部隆一表示："以上四版的注文在细节处并非完全一致，可见些许出入或异同。"[3]正如阿部

1　关于毋昭裔刊刻的《白氏六帖》等以及冯道的"九经"刊行，详见曹之的《中国古籍版本学》（武汉大学出版社2007年版）。

2　［日］池田昌广：《藤原道长的摺本文选》，《鹰陵史学》第36号，2010年。

3　［日］阿部隆一：《天理図書館蔵宋金元版本考》，《ビブリア》第75号，1980年。

氏所言，南宋时期亦对《白氏六帖》拥有不少需求。

而进入南宋后，最为引人注目的便是宋版《白孔六帖》的出现。单行本《孔氏六帖》三十卷与《白氏六帖》三十卷本原本各自通行。二书合编后的《白孔六帖》一百卷则于乾道年间（1165—1173）出版。由于该刻本的便利性超过了单行本，因此在进入明代后，嘉靖刊本《白孔六帖》成了通行本并被四库全书作为底本。

如上所述，《白氏六帖》始于唐代的唐抄本，并在五代后以单行本传世，而成为清朝四库全书底本的嘉靖刊合刻本《白孔六贴》则成了该书的主要文本，被代代传阅。

（五）关于静嘉堂本文本

正如笔者在概述《白氏六帖》从唐抄本演变至明刊本时所提到的，该书诸本基本上继承了前者的文本。尤其是该书静嘉堂影印本以后蜀毋昭裔刊行的文本为中心，虽伴有一定程度上的增补，但被认为刊行于北宋后期。因此其文本的文字采用了唐末至五代的各种资料，有不少报告指出该书中可见目前已经散佚的书籍或文字。例如，与敦煌本《水部式》一致的唐令[1]和《十六国春秋》的佚文便是近时所收集到的珍贵资料。此外，该书引用的《世说新语》佚文和异文也得到了整理[2]。综上所述，该书诚可谓是吉光片羽的宝库。

在为数不多的北宋刊本中，史部的《重广会史》的存在广为人知。周延良对该书进行了细致的校勘并出版了《重广会史笺证》（齐鲁书社，2010年）。据该书序文称，《白氏六帖》和《白孔六帖》等类书的

1　关于唐令的水部式，详见［日］冈野诚：《敦煌発見唐水部式の書式について》，《東洋史研究》第46卷第2号，1987年。

2　［日］古田敬一：《世説新語校勘表附佚文》，广岛大学文学部中国文学研究室，1957年。该书后由中文出版社于1977年刊行影印本。

校本也被纳入了出版计划。北宋版《白氏六帖》及相关资料，或许能够为上述出版计划贡献一份力量。

（六）北宋刊本和南宋刊本的校异

从二书刊行时期接近的事实来看，二者文本的关系应当十分密切。具体的相关知识可参考山口谣司的解说。以下，笔者想介绍一下自身对二书文本关系进行调查后的发现。此次，笔者承蒙诸位的合作，对二书全三十卷的内容进行了对校。结果显示，二书差异的复杂状态超出了预计。仅从卷十九来看，一两个字的局部差异便有大约364个。在其他卷数中，也有不少部分出现20字以上的差异。例如，卷一第七表页（19页）北宋版的四、五行和南宋版的五、六行在相较之下便出现了如下差异：

（北宋版）仙查犯牛／占客星于蜀郡冤气冲斗识宝剑于丰城

（南宋版）犯牛博物志曰仙查／犯牛占客星于蜀郡问严君平
冲斗冤气冲斗识宝剑埋于丰城张华雷雨焕识之

南宋版的"博物志曰仙查" 6个细字在北宋版中无。此外，二者在粗字、细字上亦有出入。

同样在卷一的第五表页（35页）后半部分中，北宋版因版面刮擦而无法判读内容，但有可能凭借南宋版进行复原。反之，也有北宋版保留了文字而南宋版欠缺的情况。例如，卷五第十表页（207页）的第9、第10行谓"执箪公羊高子执箪国子执壶浆曰闻若饭／孰瓮未熟敢致粮于从者昭公以衽受之注圆曰箪熟熟食瓮熟肉"，此43字便属该例。

然而，若对两书进行整体上比较，便可发现长文的脱落在北宋版中较多，例如该书的卷三十第七表页，卷八的第三十四表页、第四十二表页等。

如上所示，在解读北宋版时，不得不使用南宋版与之对校。因此，北宋版与南宋版两书犹如车之两轮，时常保持着密切的关系。

三
藤原克己《菅原道真与平安朝汉文学》书评

读完本书时，笔者不由得想起了已故的丸山真男的一篇文章。丸山在文中曾引用了歌德的话语，并叙述了自身对于政治学研究的理念与方法。

对于医学，歌德表示："这是一门有关全体人类的学问，因此必须直面全体人类而前进。"我认为这句话同样能够适用于政治学。

以上一文也应当可以用作对本书文学研究的评价。

第二次世界大战后，比较文学的方法和跨学科研究在文学研究动向乃至方法中有很高的呼声。这也直接导致了相关方面的成果陆续得到发表和刊行。至今，笔者自身也极尽所能收集着书评栏中介绍的那些能够入手的研究成果，其中以中日比较文学、思想等领域为主。然而，虽然这些研究中分析透彻且表达细致的记述给予了笔者巨大的启发，但事实上也时常令笔者涌现出不少的不满之情。虽然对新出资料进行介绍和整理毫无疑问是有必要的，但是我们当然也需要与这些汗牛充栋的成果并行的其他研究，即立足于"文学、思想"本身的研究。而藤原克己的本书正是将笔者上述的渴望化为文字之物。该书可谓是汉文学领域中横跨整个平安朝，以菅原道真为轴心的比较文学、思想性考察。以往，人们习惯认为，华丽的王朝女流文学在平安朝后期的藤原氏摄关时达到全盛，与之相对的是平安前期的文学史中，作为国风的和歌已经处于衰微的状态，即亦可将这一时期称之为"国风黑暗时代"。然而，对于该"国风黑暗时代"的文学，小岛宪之指出："倒不如将其称之为'汉风赞美时代'（'汉风讴歌时代'），如此便可以避免误解。"[1]诚如小岛氏所述，中国文学被日本所接受，并作为汉文学走向成熟是有过渡期存在的。而藤原克己的该书尤以中国文人官僚白居易和日本文人官僚菅原道真（845—903）二人为中心人物，并围绕《白氏文集》（日语读音为"はくしぶんしゅう"）这一作品，通过所谓的千载一遇的相会，在正确结合历史背景的条件下，从白氏的创作和菅原氏的受容两个方面对二人作为文人官僚时所表现出的文学及思想本身进行了叙述。

该书除了序文部分外，对其他已经发表的旧稿进行了大幅度的修改。全书的构成如下：

序　前近代的日本与中国

　Ⅰ　嵯峨朝的汉文学

　1. 嵯峨朝的政治文化与勅撰三集

　2. 吏隐兼得的思想——勅撰三集的精神基底

　Ⅱ　作为转换期的承和期

　1. 小野篁的文学

　2. 从文章经国思想到诗言志——勅撰三集与菅原道真

　3. 承和以前与以后的王朝汉诗

　4. 圆仁的《入唐求法巡礼行记》

　Ⅲ　菅原道真诗及其思想

　1. 诗人鸿儒菅原道真

　2. 诗人的伦理

　3. 道真、长谷雄、清行

　4. 比喻和理智——菅原道真诗的表现

1　［日］小岛宪之：《上代日本文学と中国文学（補篇）》，塙书房2019年版。

附篇

　　从以上的目录内容可以预计到，会有众多人士从日本文学角度对本书的各个考论进行多方面的具体评价。而笔者（专攻中国古典文学）将聚焦于以下3个方面：一是藤原氏极具个性的研究方法，二是比较文学论下的陶渊明论，三是《日本文学史中的〈白氏文集〉和〈源氏物语〉》中的旧抄本《白氏文集》。

（一）方法与课题的设定

　　《序：前近代的日本与中国》是本书中唯一新写的文章。至今为止，藤原氏的研究方法都隐藏在其考论中，而并未被明确提及。然而，由于该书的序文亦可被称为"基石"，所以为了理解书中的内容，最为需要熟读的内容便是该部分。一般而言，当涉及封建时代的中国文学、思想问题时，《宗教社会学论集》所收的马克斯·韦伯撰《儒教与道教》会时常得到引用。对此，藤原氏选择从韦伯未竟的大著《经济与社会》中的"西欧中世的领地封建制"出发而非《儒教与道教》的原因令人关注。据增渊龙夫所述，《儒教与道教》一书完美地挖掘出了封建时代中国的政治、经济、社会的"传统主义"的构造，并借此将中国社会和精神两方面存在的所谓停滞性视为中国具有特征的类型。当然，韦伯该书并没有从中国内部出发提出新的历史主要课题。换言之，本书在分析中国时的核心课题是被一般化的西欧民族精神。而这原本是为了能够更好地把握西欧民族精神，而将为了个性化理解其精神所设定的问题一般化，使其成为用于比较的社会学主题。原本书中的主要问题出发点就不是为了从中国内部发掘价值观点，并为了中国历史的存立而从国家内部透露出的历史个性来确认其现实。然则，本书分析中国的主题和论证的方向早已由外界赋予。因此，若要提出独自的历史特点的见解，便毫无疑问需要借助其他方法。对于和白居易、柳宗元同一时期的文人官僚韩愈的古文特点，太田次男也表示："在考察官僚社会中的韩愈时，自身的理解方法多借鉴于马克斯·韦伯或葛兰言的方法和见解。尤其在对儒教和诸子思想的理解上，我从韦伯处获益良多。然而，即便韦伯拥有透彻的分析能力，他还是没有解明植根于儒教而受到创造的古文秘密。虽然韩愈通过'利欲斗进'四字表达出了内心的纠葛，但若不弄清这一表达产生的环境和其内在的现实，便无法理解古文的本质。"[1]笔者认为，这正是本书将视点设定为"西欧中世的领地封建制"的理由所在。

已故的小岛宪之等学者从早先便开始提倡，在论及日本古代文学时，不能将其局限于狭窄的日本列岛中，而必须具备从东亚看日本的视点。因此，要对东亚的整体情况有所把握。藤原氏同样立足于该视点，并将问题聚焦在中国传统文化形成的缘由。藤原氏从川胜义雄《六朝贵族制社会研究》中提取了以下两个观点[2]：一是乡村共同体的秩序理念牢牢扎根于中国的传统中，二是"文"之理想在中国根深蒂固。而将此二者结合为一体的便是儒教提出的"文化至上主义"。藤原氏强调，在将

1　[日] 太田次男：《中唐文人考》，研文出版1993年版。
2　[日] 川胜义雄：《六朝貴族制社会の研究》，岩波书店1982年版。

中日两国社会历史背景的差异纳入考察视野后，才真正能够使菅原道真和白居易的比较文学、比较思想相关的考察具有意义。这一方法和视角作为该书的通篇基调，对整体内容起到了支撑作用。

若对上述内容作进一步阐述，便可归结为：中国存在以乡村社会为地盘并具有批判精神的知识分子，而日本则由于乡村的落后与国家发展形成反差，因此无法孕育出能够进行批判且具有强韧精神的知识阶层。总而言之，即便两国共有汉字文化，当社会性基础相异时，便会使各自国家的文学、思想表象产生差异。本书在通过空海和菅原道真的作品，指出社会批判淡薄的起因的同时，也让时常在不确定范围或方法的条件下进行研究的我们认识到，明确研究方法和课题设定是极其必要的。

（二）陶渊明与儒教

藤原氏在序中提出的视角在文中被体现得最为淋漓尽致，这也是笔者在阅读本书后感触最深的一篇。陶渊明因其作品被《文选》收录而自古至今都与同为诗人的白居易为日本人所喜爱。藤原氏在文中围绕陶渊明其人与其作品关系的论述，尤其对于第二次世界大战后日本兴起的所谓陶渊明问题研究而言，应当属于不容错过的内容。

何谓陶渊明问题？在限定视角后，便可将其归纳为以下内容。第二次世界大战后的陶渊明研究始于铃木虎雄的《陶渊明诗解》和斯波六郎的《陶渊明译注》二书[1]。铃木、斯波两位学者皆对断绝与世俗的一切来往，退隐田园孤高而终的隐逸诗人陶渊明予以了高度评价。然而，面对前二者给出的悠然自得的隐逸诗人像，吉川幸次郎却在《陶渊明传》中着眼于陶渊明并非一成不变的诗人内心[2]，解开了陶渊明穿梭于高贵与世

---

1 ［日］铃木虎雄：《陶淵明詩解》，弘文堂1948年版；［日］斯波六郎：《陶淵明訳注》，东门书房1951年版。

2 ［日］吉川幸次郎：《陶淵明伝》，新潮社1956年版。

俗之间的人物像。对此，吉川氏认为正是由于陶渊明如实反映出了这种相互矛盾的精神，才能够证明其为直面自我的真正诗人。对于吉川氏提出的说法，冈村繁在《陶渊明论——支撑其超俗生活的世俗性》一文中指出："若只是将矛盾原原本本地吐露，那么拥有诸多烦恼的凡人皆可为之。"[1]并将孤高的诗人陶渊明的庸俗性彻底地剖析而出。其后，冈村氏的该篇论文被收于《陶渊明——世俗与超俗》一书出版发行[2]。大上正美评价道："渊明像因冈村氏而受到颠覆性推翻。为了能够再度正面评价陶渊明，我们必须以本书中矛盾的陶渊明像为前提，而考虑如何重现意志坚定的陶渊明。对此，我们需要在今后提供相关的证明。"[3]在不经意间对上述陶渊明问题作出回答的便是这篇《陶渊明与儒教》。藤原氏从陶渊明和菅原道真的共同视角出发，结合其独自提出的诗人"伦理性"，发现陶氏对时常在其田园诗中向其袭来的参政意愿亲自予以了否定，但同时，却也在不断审视无法贯彻老庄逸民思想的自身的同时，不屈不挠地生活着。

对于身为官僚的人而言，儒教是一种无法回避的修养和文化。信奉老庄者则需要通过亲自体验乡村生活，并使深刻的生活经验得到情感上的美丽升华。陶渊明同时拥有上述两种相互矛盾的思想，而其应对的方法令人关注。

对此，藤原氏说道："陶渊明并非完全站在局外批判儒教。我认为，诗人会通过忠于自我而必定以某种独特形式反映出伦理性。虽然我也可以从陶渊明身上找到像这般的诗人伦理性的典型，但其中绝非与儒教毫无瓜葛。对于儒教而言，若不能以老庄隐逸思想为反命题，不断进

1 ［日］冈村繁：《陶淵明論—その超俗的生活を支えた世俗性—》，《文学研究》第68号，1971年。

2 ［日］冈村繁：《陶淵明—世俗と超俗—》，日本放送出版协会1974年版。

3 ［日］大上正美：《阮籍・嵇康の文学》，创文社2000年版。

行自我批判，在大方面便会受到国家权力的润色而成为御用理论，而在小方面则会成为使每个人变得极其伪善的意识形态。通过亲自将老庄隐逸思想深度内化，事实上也不断磨炼了儒教的伦理性。"

笔者认为，陶渊明作品中成为问题的"世俗"与"超俗"这一互相矛盾的现象，在以上一段文字中完美地被统一成了一种精神思想，并得到了论述。

如上所述，本书并没有将中日文学的差异简单归结于文学传统的程度，而是向下挖掘至陶渊明和白居易文学背后存在的乡村共同体这一中国历史社会基础。这可谓是本书的独到之处，也不得不说是妙趣所在。

（三）关于《白氏文集》

本书中，白居易作品集《白氏文集》为核心文献，而平安、镰仓时代所使用的《白氏文集》文本拥有将在下文中提及的些许复杂的状况。以下，笔者将对藤原氏利用文本时的态度略述己见。

针对菅原道真或紫式部使用的《白氏文集》是何种文本这一问题，已故的吉田精一曾将其视为比较文学方法的问题，并断言道："在调查日本与中国相互影响的关系时，令人感到极为困难的是，即便知道问题的发起者，也很难明确判断其传递者。换言之，虽然《白氏文集》对王朝文学带来巨大影响的事实毋庸置疑，但至今为止仍无法找到有关谁在何时将此书带至日本，当时的该书又包括哪些内容的确证。而我认为，今后恐怕也无法解开以上的谜团。至少，我们无法得知清少纳言目睹的《白氏文集》的构成等真相。"[1]然而，日本在第二次世界大战后开展的《白氏文集》文本研究，通过对以金泽文库旧藏的旧抄本为中心的细致调查分析，正逐步还原极为接近原本《白氏文集》的形式和文本。例

1　[日]吉田精一：《比較文学：日本文学を中心として》，矢島書房1953年版。

如，紫式部给上东门院彰子授课时使用的《新乐府》，包括训点在内都已可谓得到了再生[1]。那么，为何日本的旧抄本资料能够被称为原本复原的直接资料？虽然篇幅有限，但笔者仍会尝试在下文中对最近日本在文献学上取得的成果加以论述。

同前所述，现行汉籍文本的直接祖本始于宋版，而后者因受到国家的庇护，大部分校订精良，因此即便时至今日，依然在文献价值上受到高度评价。然而，通过从第二次世界大战前开始的敦煌古籍研究和战后对日本旧抄本（由遣唐使等带至日本的唐代写本的传抄本）开展的研究，我们逐步明了了以下事实：哪怕是同一书名的写本（即旧抄本）和刊本（即宋版本），若对其文本进行详细分析便可发现，二者之间存在着可谓断代程度的差异。总而言之，相对于中国的宋版在其文本由写本向刊本转变时发生了不少肆意窜改，刊本以前的旧抄本虽然有诸多缺点，但在日本尊重中国文化等因素的影响下，忠实保留了原本的形态和文字。

昭和二年（1927）由古典保存会影印刊行的神田本《文集》（卷三、四，即《新乐府》）可谓在旧抄本诸本中也当属绝伦。因此，若菅原道真或紫式部等人在其作品中引用《白氏文集》，便必定会依据旧抄本系统的文本而非宋刊本系统。

本书的《日本文学史中的〈白氏文集〉和〈源氏物语〉》中所引用的《白氏文集》文本又属何种系统呢？对此，藤原氏在"讽喻诗的引用考"一节中列举了《玉鬘》一卷中的《传戒人》一诗，并在他稿《源氏物语和白氏文集》中亦将《传戒人》视为问题。藤原氏在该稿的注中写道："该新乐府的诗题在通行本《白氏文集》和《元氏长庆集》中皆作

1　太田次男等著的《神田本白氏文集の研究》（勉诚社1982年版）为旧抄本新乐府的校本。

'缚戎人'，而以神田本为首的日本的《文集》旧抄本则作'传戎人'。陈寅恪的《元白诗笺证稿》等作品中有对该作的考证，并认为'传戎人'或为原来的诗题。"如上所述，《源氏物语》中被引为典故的《白氏文集》文本属于旧抄本，而仅从藤原氏在书中提到了该点来看，亦可窥探出其引用汉籍时细致周到的考虑。

　　在现已发表的有关平安朝时期的汉文学研究著作中，小岛宪之博士的《国风暗黑时代的文学》，集《白氏文集》旧抄本研究之大成的太田次男博士的《以旧抄本为中心的白氏文集文本研究》都是汉籍领域中前所未有的大成果。而本书在充分吸收以上两部著作成果的基础上，全面展开了中日比较文学、思想方面的考察，完美继承并发展了已故金子彦二郎博士的大作《平安时代文学与白氏文集》。

图书在版编目（CIP）数据

《白氏文集》日本传播史研究 / （日）神鹰德治著；樊可人译. —杭州：浙江人民出版社，2021.11
（新中日文化交流史大系）
ISBN 978-7-213-10366-7

Ⅰ.①白… Ⅱ.①神… ②樊… Ⅲ.①中国文学—古典文学研究—唐代②中日关系—文化交流—文化史—研究 Ⅳ.①I206.42②K203③K313.03

中国版本图书馆CIP数据核字（2021）第219450号

《白氏文集》日本传播史研究

[日]神鹰德治　著　樊可人　译

出版发行	浙江人民出版社（杭州市体育场路347号　邮编 310006）	
	市场部电话：(0571)85061682　85176516	
责任编辑	胡佳佳　赖甜	
责任校对	杨帆	
责任印务	刘彭年	
封面设计	敬人工作室	
电脑制版	杭州兴邦电子印务有限公司	
印　　刷	浙江新华数码印务有限公司	
开　　本	880毫米×1230毫米　1/32	
印　　张	7	
字　　数	180千字	
插　　页	6	
版　　次	2021年11月第1版	
印　　次	2021年11月第1次印刷	
书　　号	ISBN 978-7-213-10366-7	
定　　价	68.00元	

如发现印装质量问题，影响阅读，请与市场部联系调换。